UNFOLD

**김
경
주**

경영학부에서 마케팅을 전공한 뒤 '마이모리'라는 브랜드를 운영했고,
현재는 브랜딩 디렉터로 활동 중입니다. 꾸준한 그림 연습을 바탕으로
그래픽 디자인과 일러스트레이션 작업에도 참여하고 있으며, 단순한 선과
단어 속에 이야기를 담으려 합니다. 오랫동안 마음속에 품어 왔던 꿈을
이제 조금씩 펼쳐 가고 있습니다.

Instagram @mymori_

iT NOW
BIG STEPS
small STEPS
1/17
RESPONSIBILITY
ROUTINES
STRICT mgmT.
FREE Dom
1/18
my way
OTHERS
N W S E
my way
OTHERS
2°
1/19
PEACE 1/20
BLANK
margin
1/21
OTHERS
my way
OTHERS
my way
HAPPY NEW YEAR TOGETHER!
1/22
SYNERGY
1/23
HABITS
1/24
LUCK!
LIFE-GAME
1/25
flow
1/26
BACK TO BASICS
0 1 2 3 4 5 6 7 8 9 10
1/27
ASSET PORTFOLIO
REAL-ESTATE
CASH
STOCK
FUND
ME-PORTFOLIO
RELATIONSHIP
HEALTH
READING
WORK
LOVE
1/28
FAMILY
1/29
SIMPLE
1/30
LAYERS
1/31
NEW CHAPTER
33
2/1

REPEAT
2/2
RECORD
2/3
CONNECT
2/4
BAL ANCE
2/5
NEW RELATIONSHIPS
2/6
REBOUND
2/7
TEAM WORK
2/8
BAD HABITS
GOOD HABITS
THINK OUT OF THE BOX
2/10
ADVICE
2/11
ADVICE
BE CAREFUL WITH WORDS
WHY?
HOW
WHAT
ALWAYS THINK WHY?
YOU ARE BEAUTIFUL
2/13
LIGHT UP YOUR MUSLES
2/14
CREATE PEACE
2/15
3S
SLOW / STEP-BY-STEP / STEADY
2/16
LIFE
2/17
PROGRAM YOURSELF
HAPPY & HEALTHY
CHALLENGE
2/1
WALK
2/20
YOUR THOUGHTS CREATE YOUR LIFE
KEEP YOUR MIND CLEAN
2/19
DRIVE YOUR OWN FUTURE
2/22
FAILURE
LET FAILURE BE YOUR FRIEND
2/23
BOOKS
THOUGHTS
2/25

언폴드

무너진 나를 일으켜 준 새벽 드로잉

글·그림 **김경주**

Who's Got My Tail

BEYOND

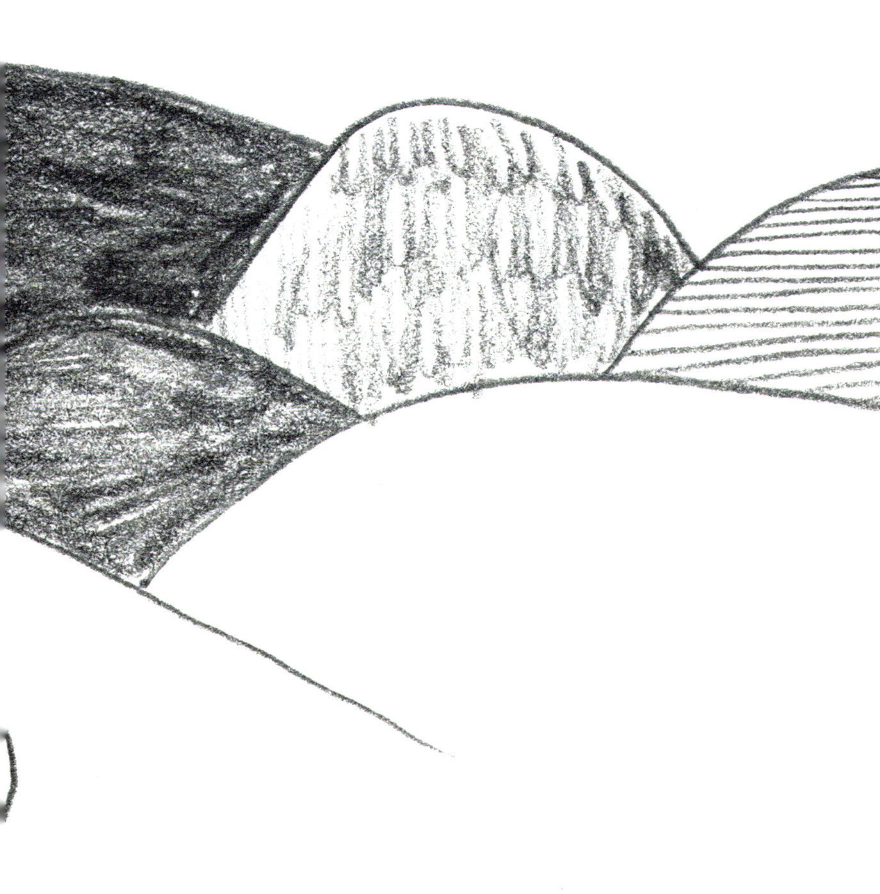

LIMITS

프롤로그

새벽 다섯 시. 해가 뜨기 전, 오롯이 나에게
집중할 수 있는 시간. 이 고요한 시간이 좋아
새벽 드로잉을 시작한 지도 벌써 3년이 되어 갑니다.

사람들이 종종 제게 묻습니다.
"왜 매일 새벽 드로잉을 하나요?"

시작은 6년 전이었어요. 교과서처럼 반듯하게
흘러가던 제 인생은 이혼이라는 파도를 만나

손바닥 뒤집히듯 바뀌었습니다. 일상을 '사는 것'과
'살아 내는 것'의 차이를 온몸으로 체감했지요.

슬픔을 돌볼 겨를도 없이 생활 전선에 뛰어들었어요.
무엇보다 있는 그대로의 나를 마주하는 일이
너무 두려웠습니다. 망가질 대로 망가진 내 모습을
인정하기 싫었거든요. 모든 게 바뀐 환경 속에서
삶을 계속 이어 가야 할 이유를, 나에게 일어난 일들의
의미를 어떻게든 찾아야 하루하루를
버틸 수 있을 것 같았습니다.

힘겹게 일과 육아, 살림을 병행하던 어느 날,
오래전 세상을 떠난 외할아버지♦가 처음으로
꿈에 나타나셨어요. 그리고 말없이 제게 빨간 봉투
하나를 건네주시곤 홀연히 사라지셨습니다.
그 꿈은 머릿속에 유난히 선명하고 깊게 남았어요.

장욱진 서양화가(1917~1990). 동심의 세계를 연상하게 하는 소박한 생략법과 검소하고
정감 있는 색채를 사용하여, 평면적 화면 처리에 두드러진 효과를 보이는 특이한 화풍을
선보였다. 주요 작품에 〈가족〉, 〈나무〉, 〈진진묘〉 등이 있다.

어쩌면 그게 신호였을지도 모릅니다. 무너진 삶을
다시 세우고 나를 구하기 위해, 그날 이후
매일 새벽에 일어나 그림을 그리기 시작했습니다.
그것이 제가 찾은 유일한 치유 방법이었어요.

예전의 수많은 과오와 그 속에서 얻은 배움을
그림으로 표현하며, 명상하듯 마음을 내려놓았습니다.
그러자 조금씩 작은 변화가 찾아왔어요.
새벽 드로잉은 어떤 목표를 향한 것이 아니라, 온전히
나를 치유하기 위한 간절함에서 비롯된 것이었어요.

이 책은 평범한 사람이 긴 터널을 지나며
느끼고 배운 과정을 담은 치유의 기록입니다.
이 작은 그림과 글이 누군가에게는 위로가,
또 다른 누군가에게는 "나도 할 수 있겠다."라는
용기가 된다면 더할 나위 없이 좋겠습니다.

2025년 11월

김경주

겨
울

WORRIES WORRIES WORRIES
WORRIES WORRIES WORRIES
WORRIES WORRIES WORRIES
WORRIES WORRIES WORRIES
 WORRIES WORRIES WOR
RRIES WORRIES WORRIES WO
WORRIES WOR RIES WORRIES W
ORRIES WO RRIES WORRIES
WORRIES WO RRIES WORRIES
WORRIES WORRIES WORRIES
WORRIES WORRIES WORRIES W
ORRIES WORRIES WORRIES WOR
RIES WORRIES WORRIES WORR
IES WORRIES WOR RIES WORRI
ES WORRIES W ORRIES WOR
RIES WORRIES WOR RIES WORRIE
S WORRIES WORRIE S WORRIES W
ORRIES WORRIES W ORRIES WOR
RIES WORRIES W ORR IES WORRI
ES WORRIES WORRIES WORRIES WO
RRIES WORRIES WORRIES WOR RI
ES WORRIES WORRIES WO
RIES WORRIES WOR RIES
S WORRIES WOR RIES
ACTION

예상치 못한
인생의 역경이 찾아왔을 때

상상조차 하지 못했던 이혼이라는 파도는,

그동안 쌓아 올린 내 모래성을 한순간에 무너뜨렸다.

전조라도 보였다면 좀 달랐을까?

어릴 때부터 원대한 꿈이나 목표는 없었다.

그저 평범하게 남들이 정해 놓은 길을 가는 게

당연하다고 생각했고,

사회의 시선과 틀 안에서 안정감을 찾고자 했다.

좋은 대학에서 경영학을 전공했고,

졸업하자마자 결혼을 했다.

남들이 부러워하는 회사에 취직했고,

사랑스러운 아이도 얻었다.

회사를 그만둔 후에는

살림과 육아까지 완벽하게 해내고 싶었다.

모든 것이 계획대로 흘러가는 것처럼 보였다.

그러던 내가 하루아침에

이혼녀, 경력 단절 10년 차 싱글 맘이 되었다.

안전하다고 믿었던 보호막이 깨지며,

나는 벼랑 끝에 서 있었다.

탄탄대로라 믿었던 길 끝에는

깜깜한 터널이 기다리고 있었다.

미래에 대한 불안감, 분노와 슬픔으로

매일이 괴로웠고, 예측 불가능한 상황 속

극한의 스트레스는 몸과 마음을 병들게 했다.

하지만 생계를 위해 일을 시작해야 했기에

겨울

나를 돌보는 건 사치였다.

매일 꿈과 현실의 경계가 모호한 악몽에 시달리다

아침에 눈을 뜨면 눈물로 하루를 열었다.

세상의 모든 불행은 내가 다 겪는 듯했다.

신을 원망하다 남을 원망하고 내 자신을 미워했다.

몸이 부서져라 일하고 자신을 혹독하게 몰아붙였다.

길을 잃은 아이처럼 앞으로 어디로 가야 할지 막막했다.

모든 것을 계획해야만 안심하는 나에게,

이 시련은 단순한 스트레스가 아니라 죽음과도 같았다.

하지만 어떻게든 나의 길을 만들어 가야 했다.

아주 작은 것부터,

마치 인생을 처음부터 다시 시작하는 것처럼,

하나씩, 하나씩.

이 고통에 끝이 있을까.
그 생각이 머릿속을 가득 메운 채,
그저 한 걸음씩 앞으로 기어가듯 하루를 버텼다.
그러자 아주 멀지만 희미한 희망의 불빛이 보이기 시작했다.

겨울

ALWAYS
LOOK - UP
FOR LIGHT
IN THE
DARK.

10/18 .

내 안이 가장 곪았을 때조차 아무도 알지 못했다.
누구나 속 시끄러운 일은 있고, 사연 없는 집은 없다.
그러니 굳이 누굴 부러워하거나 질투할 필요도 없다.

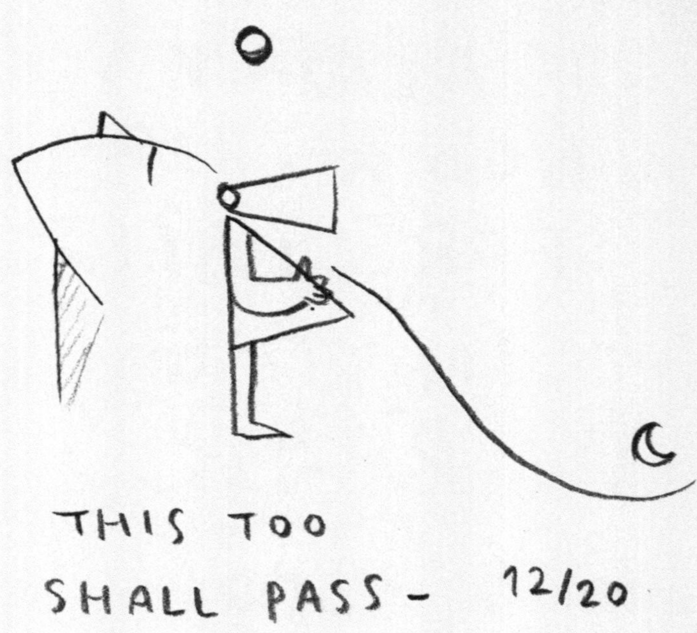

겨울

좋은 것도 나쁜 것도 영원하지 않다.
계절이 바뀌고 폭풍이 몰아쳐도
내가 굳건히 땅을 딛고 있다는 사실이 중요하다.

겨울

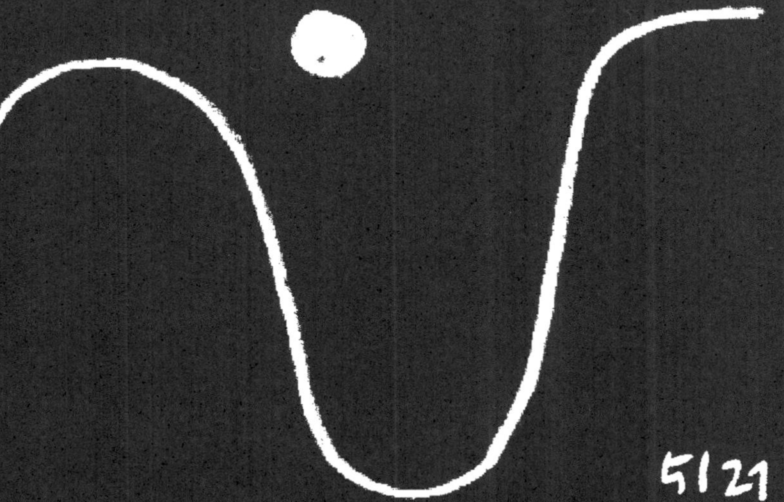

5121

괜찮다 했지만, 괜찮지 않았던 날들.
웃고 있었지만, 마음은 울고 있던 날들.
과거가 현재를 괴롭히고,
무의미한 걱정이 꿈속까지 지배하던 날들.
그런 어둠의 날들이 지나갔다.

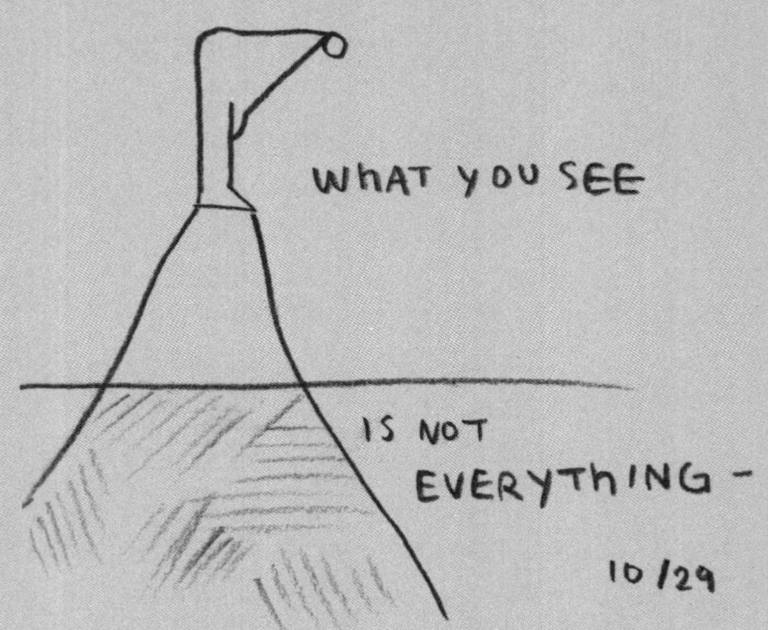

겨울

원망과 분노를 내려놓고
밝은 길만 바라보기로 했다.

간절히 원하던 것을 떠나보냈을 때,

겨울

비로소 모든 것을 얻었다.

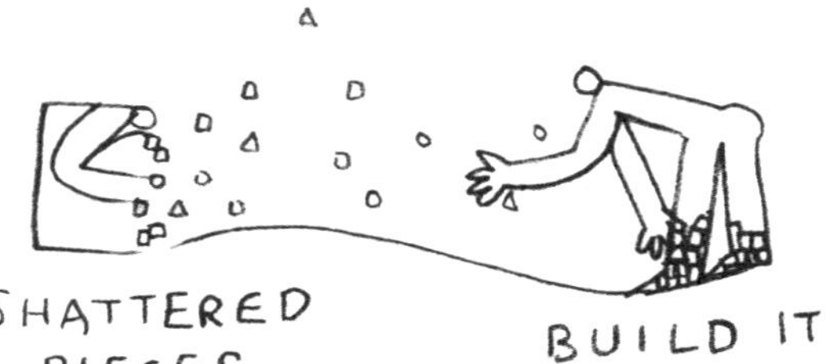

SHATTERED
PIECES

BUILD IT UP
AGAIN.

9/24

THERE IS
ALWAYS

9/7

HELP.

7/14

THE
OTHER SIDE
OF YOUR
STORY.

겨울

자의가 아닌 타의로 변화를 받아들여야 할 때,
마음의 준비도 없이 누리던 것들을 내려놓으려니 너무 힘들었다.
고통도 영광도 영원하지 않다.
일희일비하지 않고 늘 겸손하려 노력하는 이유다.

STEPPING
DOWN
FROM THE   LIFE
PAST GLORY.

8/21

망가지고 부서진 조각들도
결국 내 일부다.

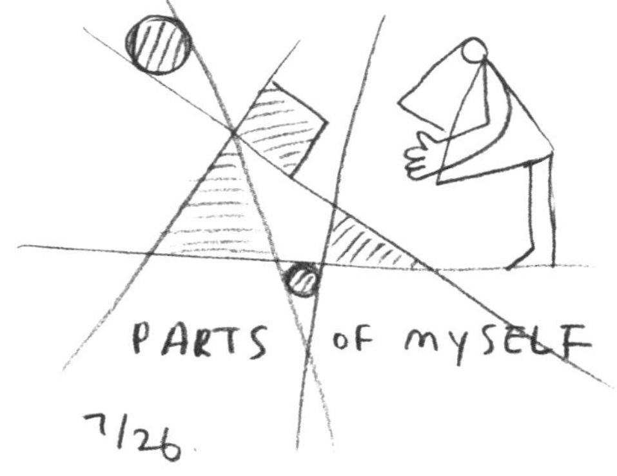

모든 고통에는 끝이 있다.
그 열쇠는 다른 누구도 아닌
내가 쥐고 있다.

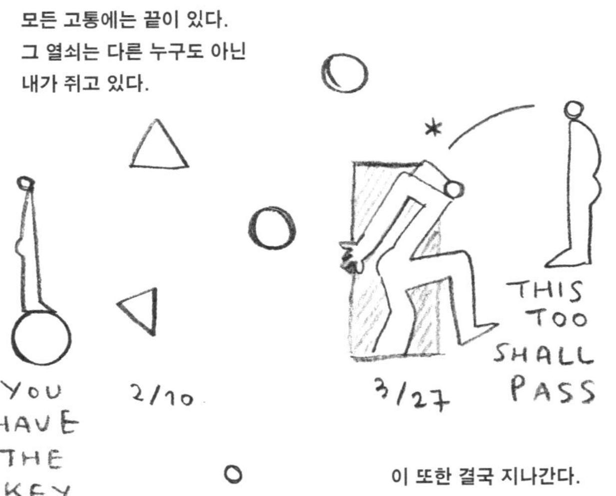

이 또한 결국 지나간다.

겨울

반복되는 일상이
얼마나 특별한지
잃어 본 사람만 안다.

누구에게나 겨울도 오고 봄도 온다.
겨울을 대비해 항상 겸손하고
봄이 온다는 희망을 잃지 말자.

고통 뒤에는 언제나
선물이 숨겨져 있다.

자기혐오와 우울에 잠식되지 않기

"올해 생일은… 지낼 거지?"
엄마는 3년째 같은 질문을 하셨다.
내가 태어난 날이 싫어 2년 동안 생일을 거부했고,
기부 외에는 아무것도 안 하겠다고 선언한 상태였다.

정리되지 않은 감정이 매일 나를 괴롭혔다.
되돌릴 수도 없는 과거로 돌아가
'내가 이렇게 했더라면 어땠을까.'
수많은 경우의 수를 상상하며 자책했다.
남을 원망하는 건 생각보다 금방 끝난다.

문제는 그다음이었다.

어김없이 이어지는 자기혐오의 시간.

자기혐오는 나를 학대하는 방식으로 시작됐다.

"이렇게 된 이상, 돈이라도 많이 벌어야지."

나는 앞만 보며 자신을 몰아붙였다.

몸이 부서져라 일에 매달렸고,

끼니를 거르거나 술로 잠을 청하는 날이 많았다.

잠드는 게 무서웠고, 깨기 싫은 날도 많았다.

현실이 도저히 받아들여지지 않았다.

그러던 어느 날 아침,

화장실 거울에 비친 내 모습을 보고 펑펑 울었다.

망가질 대로 망가진 내가

거울 속에서 살려 달라고 비명을 지르고 있었다.

그때 결심했다.

지금, 이 순간부터 나를 미워하는 모든 행동을 끝내기로.

항상 타인에게 친절하려고 노력했지만,

정작 나 자신을 칭찬하거나

토닥여 주지 않았다는 걸 깨달았다.

그래서 가장 먼저,

내가 나의 가장 친한 친구가 되어 주기로 했다.

아주 천천히, 조금씩.

다시는 나를 미워하지 않을 장치가 필요했다.

예전엔 새해를 맞이할 때마다

거창한 포부를 세웠지만,

이제는 나를 돌볼 수 있는 습관 하나면

충분하다고 느꼈다.

2023년 1월 1일 새벽 다섯 시,

새로 산 빈 노트를 펼치고,

가장 평범한 연필로 첫 그림을 그렸다.

그리고 '내 생각이 나를 만든다.'라고 적었다.

그것이, 그때는 알지 못했던

지금까지 이어지는 새벽 드로잉의 시작이었다.

겨울

MEET
YOURSELF

나 자신과 친해지는 데도
시간이 걸린다는 것을 깨달았다.
누구보다 시간과 공을 들여
찬찬히 알아보자.

내가 아닌 누군가로
살았던 시간이 가장 힘들었다.

오늘도 나는
내 베프가 되려 한다.
누가 알아주든 말든
상관없이!

겨울

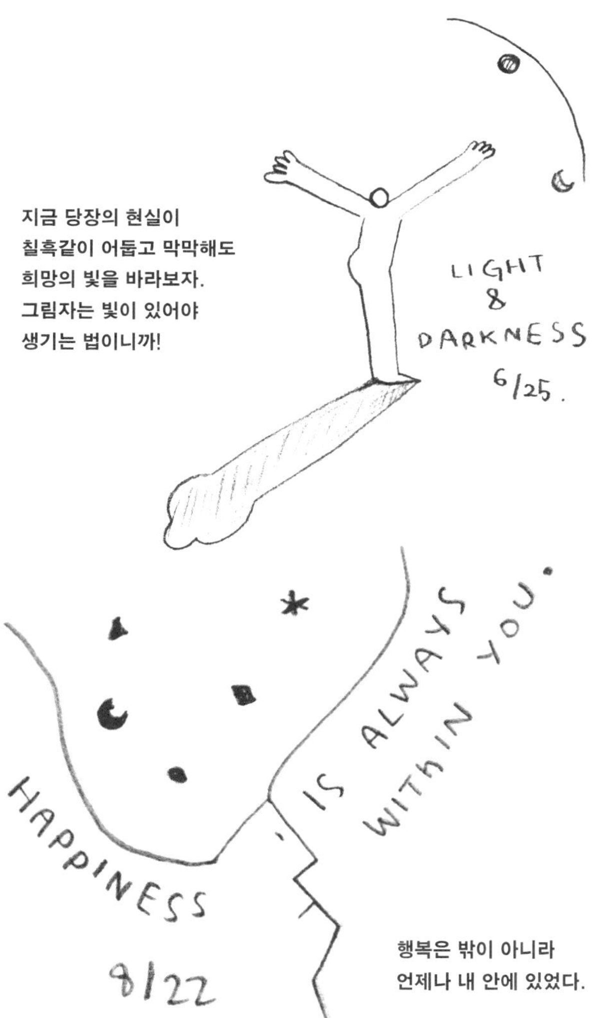

지금 당장의 현실이
칠흑같이 어둡고 막막해도
희망의 빛을 바라보자.
그림자는 빛이 있어야
생기는 법이니까!

행복은 밖이 아니라
언제나 내 안에 있었다.

겨울

ONLY
"STORIES"
7/28

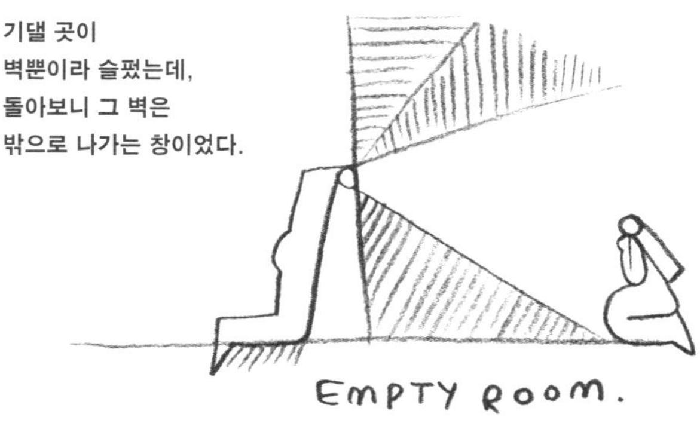

기댈 곳이
벽뿐이라 슬펐는데,
돌아보니 그 벽은
밖으로 나가는 창이었다.

고통의 끝에는
새로운 시작이
기다리고 있을 것이다.

겨울

한참을 헤맨 끝에,
마침내 나의 중심을 찾았다.

힘들수록 자신을 더 귀하게 여기자.
우리는 모두 소중한 존재니까!

나부터 돌보자. 모든 것은 거울처럼 따라오기 마련이다.

나를 속이면,
그 거짓이 결국
나를 망가뜨린다.

겨울

고통의 끝이 보이지 않아도,
당신은 해낼 수 있다.

인생의 숙제를 마주하고
어린아이처럼 풀어 보자!

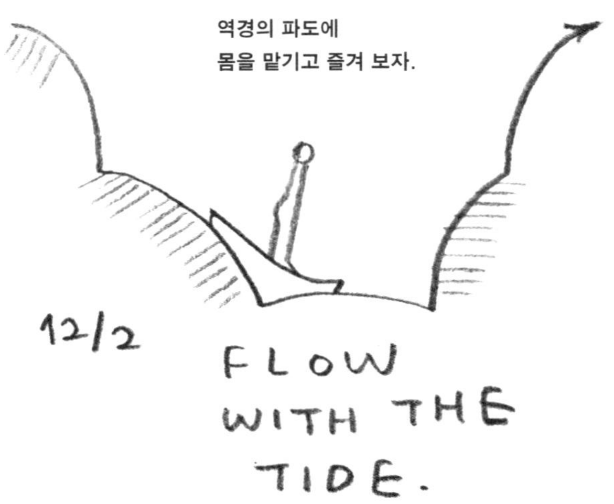

당연하다 여겼던 것들이
떠나갔다.
사랑도, 우정도, 건강도,
내 길마저도.
잃고 나서야 알았다.
당연한 것은 없다는 걸.

겨울

인생은 산 넘어 산이라더니,
숨 고를 틈도 없이 또 다른 산이 나를 막아섰다.
오랜 시간 편견으로 쌓아 올린 산, 다름 아닌 나 자신이었다.
이 길을 고행이 아니라 산책이라 여기며 넘어가야겠다.

버틴다고만 생각하면 너무 힘들고 괴롭다.
하루를 충실히 보내는 날들이 쌓이면
훗날 '잘 버텼다'고 정의하게 된다.

극한의 외로움은
진정한 나를 만나게 해 준다.

겨울

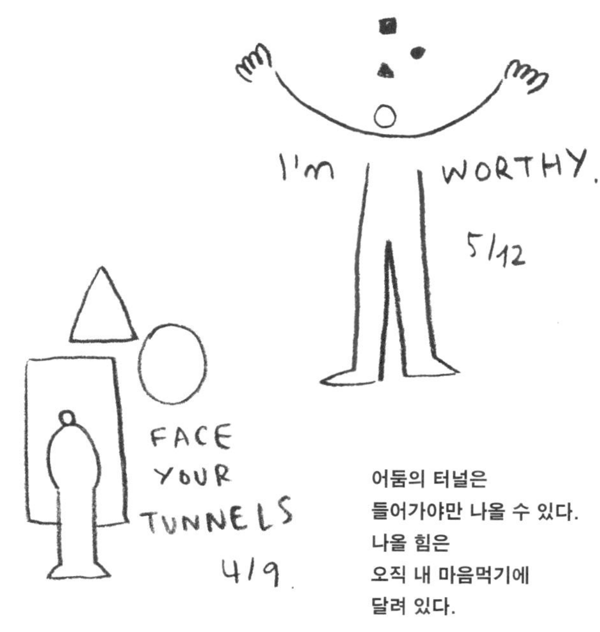

어둠의 터널은
들어가야만 나올 수 있다.
나올 힘은
오직 내 마음먹기에
달려 있다.

겨울

오랫동안
불행에 젖어 있다 보면,
행복조차 낯설게 느껴진다.
그럴 때는
뒤로 물러서지 말고,
한 발짝만
빛을 향해 나아가 보자.

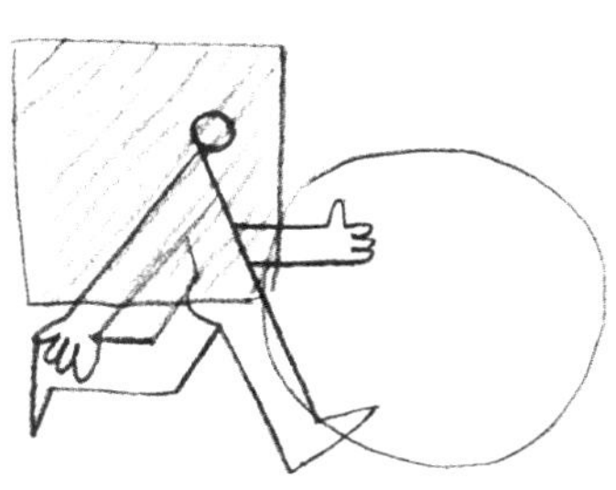

남의 편견보다
무서운 건,
나의 편견이었다.

무엇이든 감사하자.
그러면 두려움도
조금씩 희미해진다.

겨울

어릴 적 나의 콤플렉스가 지금의 나를 만들어 준 자양분이었다.
우리는 이미 충분한 존재다.

망가진 나를
어떻게든 고쳐 보려 했다.
하지만 떨어진 조각을
붙이려는 마음은 욕심에 불과했다.
다시는 과거의 나와 같아질 수 없다.
이제는 부서진 조각 그 자체로
아름답다고 여겨 보자.

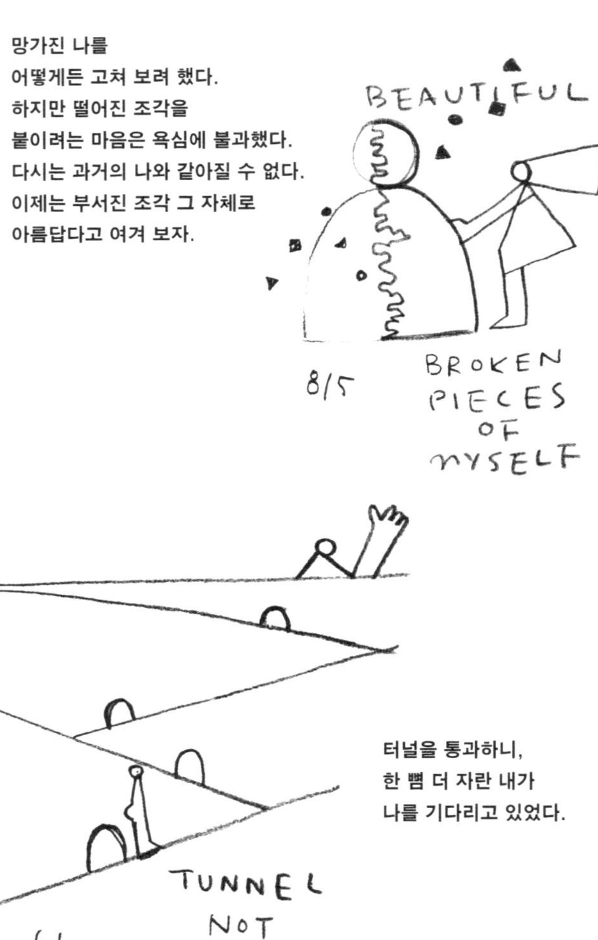

터널을 통과하니,
한 뼘 더 자란 내가
나를 기다리고 있었다.

겨울

모든 것은 이미 내 안에 있다.

나처럼 평범한 사람도 해내고 있으니, 누구나 이겨낼 수 있다.
불가능은 없다.

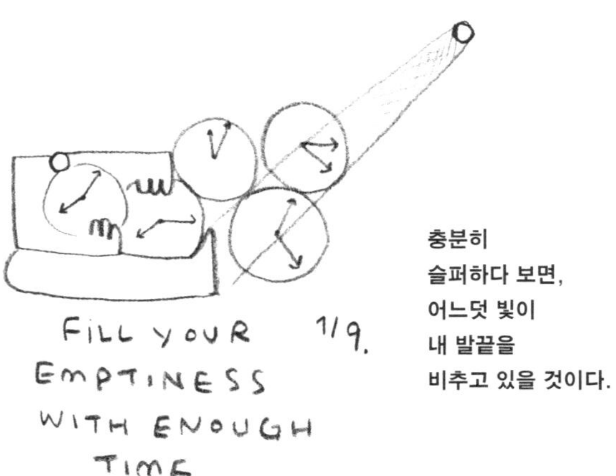

충분히
슬퍼하다 보면,
어느덧 빛이
내 발끝을
비추고 있을 것이다.

겨울

봄이 머뭇거리다가 결국 오듯,
그 시간만 지나면
인생에도 빛이 스며든다.

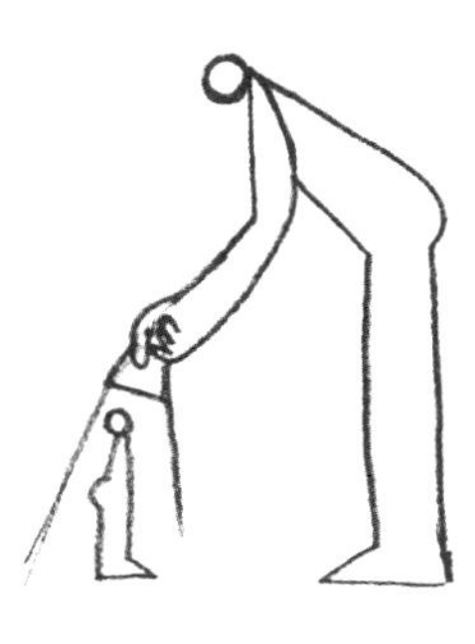

이제는 나를 바라보자.

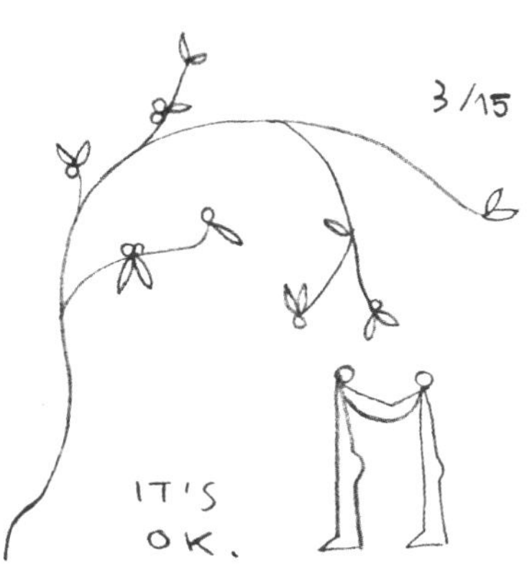

내가 가장 듣고 싶었던 말은
'힘내'가 아니라, '괜찮아'였다.

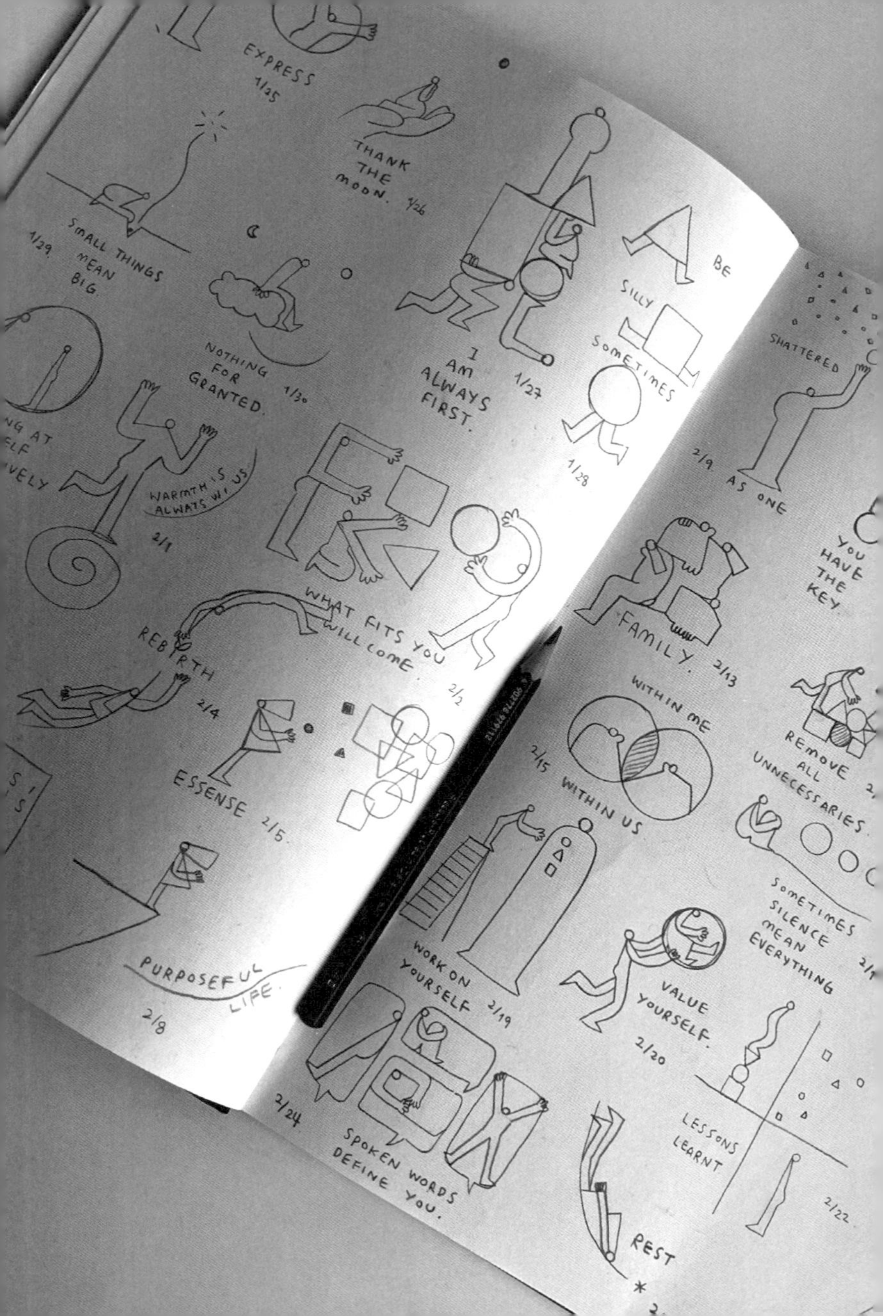

EXPRESS 1/25
THANK THE MOON. 1/26
SMALL THINGS MEAN BIG. 1/29
NOTHING FOR GRANTED. 1/30
I AM ALWAYS FIRST.
1/27
BE SILLY SOMETIMES 2/9.
SHATTERED
WARMTH IS ALWAYS WI US 2/1
REBIRTH 2/4
WHAT FITS YOU WILL COME. 2/2
AS ONE
YOU HAVE THE KEY
FAMILY. 2/13
ESSENSE 2/5.
WITHIN ME 2/15
WITHIN US
REMOVE ALL UNNECESSARIES.
PURPOSEFUL LIFE. 2/8
WORK ON YOURSELF 2/19
VALUE YOURSELF. 2/20
SOMETIMES SILENCE MEAN EVERYTHING
LESSONS LEARNT 2/22
SPOKEN WORDS DEFINE YOU.
2/24
REST

나를 살리는
치유 루틴 만들기

나는 길을 잃은 것만이 아니었다.

나 자신을 완전히 잃어버렸다.

소속감을 느끼고

새로운 사람들과 어울리고 싶어서

강의도 열심히 들었다.

투자, 인문학, 마케팅, 디자인….

할 수 있는 건 무엇이든 해 보려 했다.

분명 여러 모임에 속해 있었지만,

집에 돌아오면 행복하지 않았다.

맞지 않는 옷을 억지로 걸친 듯 어색했다.

또다시 남들과 같은 방향으로
크고 대단한 것을 좇다 지쳐 버린 것이다.
'남들은 된다는데, 왜 나는 안 될까?'
그럴수록 나를 더 미워했다.

무너진 나를 다시 세울 무언가가 필요했다.
세상 모든 게 변해도 내가 흔들리지 않도록
마음을 단단히 붙잡아 줄 무언가.
그렇게 시작한 게 새벽 드로잉이었다.
그림을 그리며, 있는 그대로 무너진 나를 마주했다.
때로는 반성하고, 때로는 토닥이고,
잘한 건 칭찬해 주면서
조금씩 작은 모래성을 다시 쌓기 시작했다.

새벽에 일어나면
세상에 홀로 있는 듯한 평온함이 찾아온다.
적막 속에서 울리는 나의 발소리, 물 끓는 소리,

겨울

연필을 깎고 종이 위에
사각사각 그림 그리는 소리가 안정감을 준다.
그 시간 속에서
흩어져 있던 생각들과 너울지던 감정들이
잠시나마 잔잔해진다.

오늘 하루가 어떻게 흘러갈지 알 수 없지만
변하지 않는 게 하나 있다.
어제와 마찬가지로
오늘도 새벽 드로잉을 한다는 것.
그 사소한 습관이 쌓여
오늘을 살아갈 큰 힘이 되어 줄 거라 믿는다.

겨울

BUILD

YOUR
OWN
ROUTINE.

무너진 나의 모래성을 다시 쌓기로 했다.

겨울

보이지 않는
작은 습관들이 모여
결국 나를 성장시켰다.

LITTLE THINGS AREN'T LITTLE.
10130
나를 나로 채우자.
FILL YOUR CUP WITH YOU.
10 / 2
LAYERS OF CONSISTENCY
7/17
꾸준함을 쌓자.
RESTART
5/27
루틴이 무너져도
다시 시작하면 된다.

겨울

감당하기 힘든 일을 겪으면
그 크기만큼 나도 자란다.

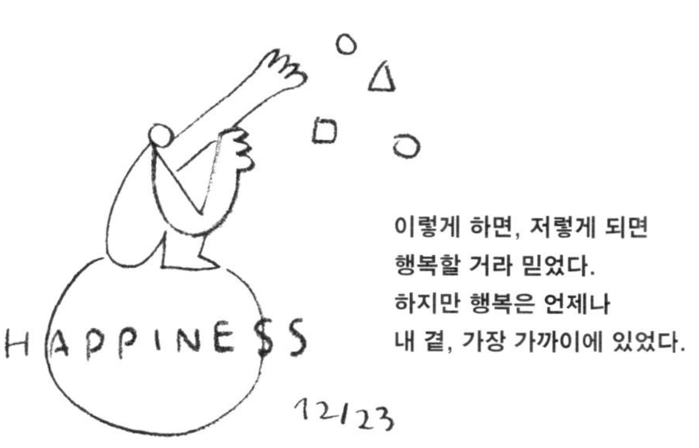

이렇게 하면, 저렇게 되면
행복할 거라 믿었다.
하지만 행복은 언제나
내 곁, 가장 가까이에 있었다.

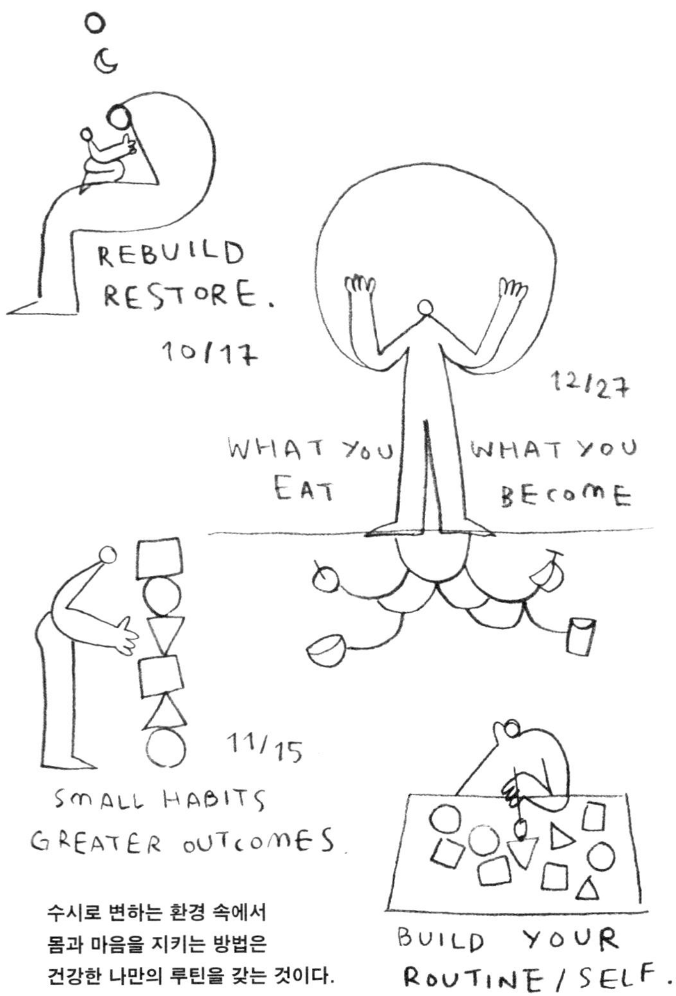
REBUILD RESTORE.
10/17
WHAT YOU EAT
WHAT YOU BECOME
12/27
SMALL HABITS GREATER OUTCOMES
11/15
수시로 변하는 환경 속에서
몸과 마음을 지키는 방법은
건강한 나만의 루틴을 갖는 것이다.
BUILD YOUR ROUTINE / SELF.

겨울

사소한 것들이
전부가 되는 순간,
힘을 얻는다.
그것이 시작이다!

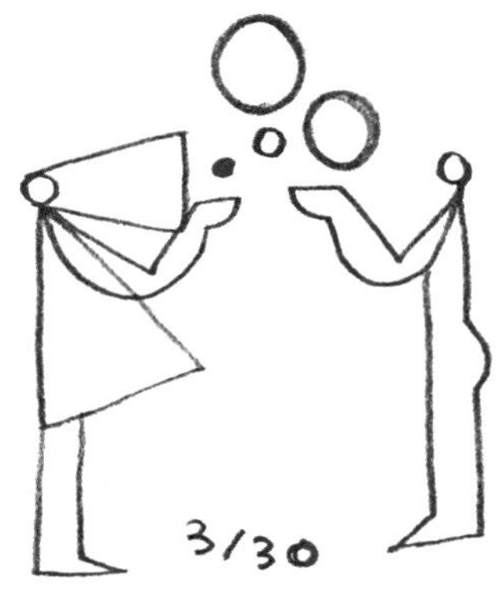

스스로에 대한 진정한 사랑은
베갯잇을 갈고,
음식을 정갈히 차려 먹고,
거울을 닦는
작은 습관 속에 있었다.

감사하는 마음이
무너진 나를 다시 세우는
토대가 된다.

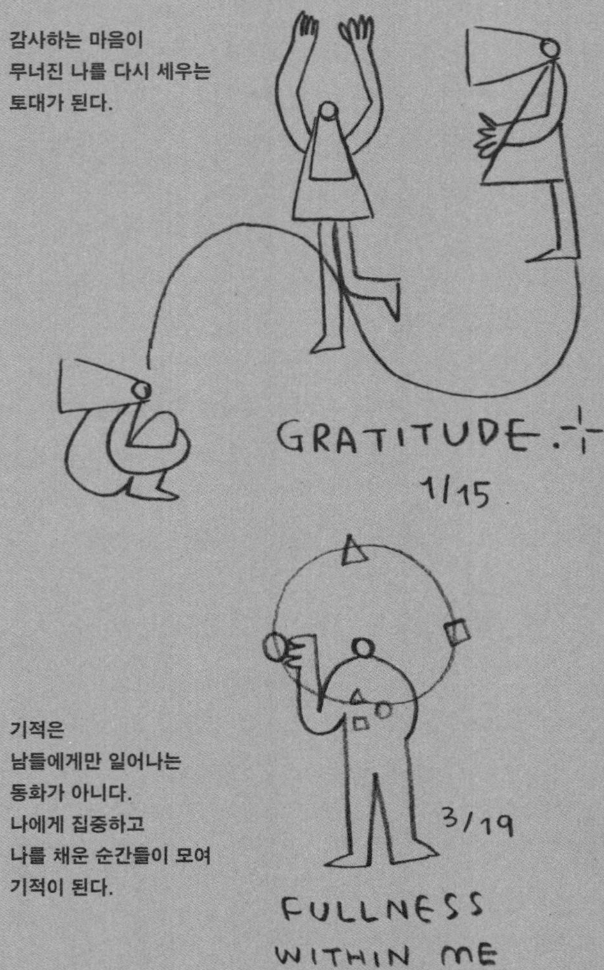

기적은
남들에게만 일어나는
동화가 아니다.
나에게 집중하고
나를 채운 순간들이 모여
기적이 된다.

겨울

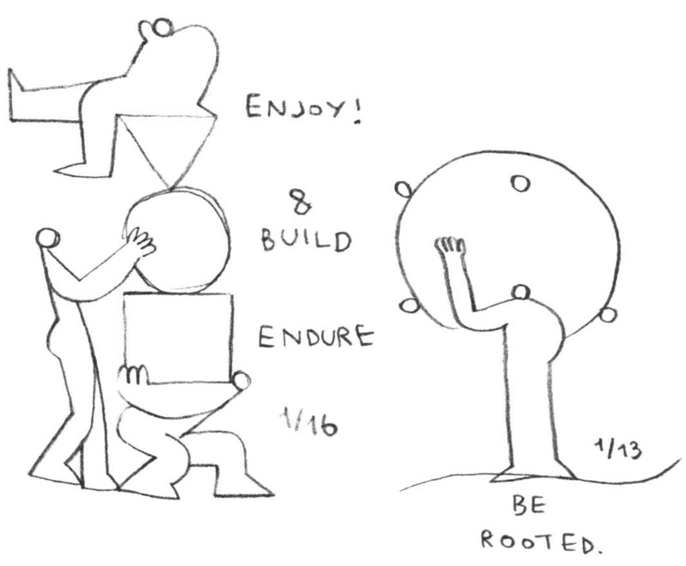

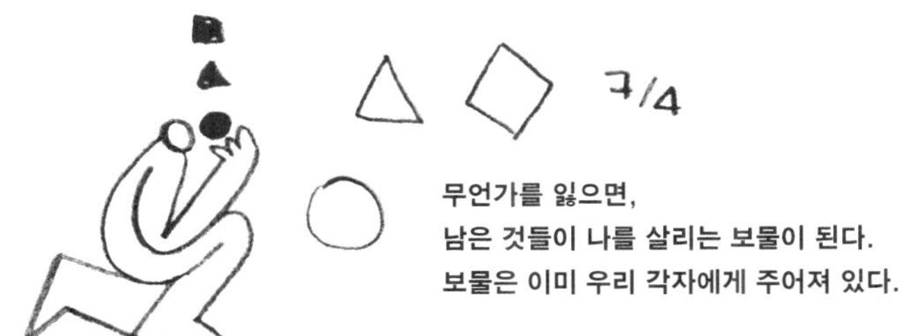

무언가를 잃으면,
남은 것들이 나를 살리는 보물이 된다.
보물은 이미 우리 각자에게 주어져 있다.

EVERYDAY
IS
A MIRACLE
4/27
EMPTY
BAD HABITS
5/10
SIMPLE ROUTINES
CREATE
CREATIVITY
6/29
LIKE
A
TREE
6/11
작은 것을 소중히 여기는 마음은
큰 마음에서 비롯된다.
SMALL THINGS
BIG HEART

겨울

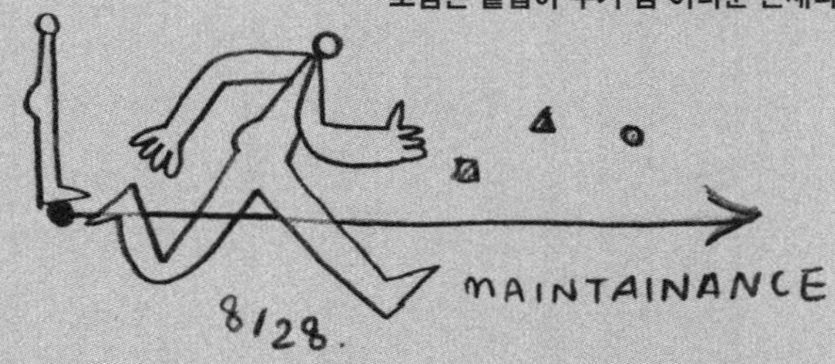

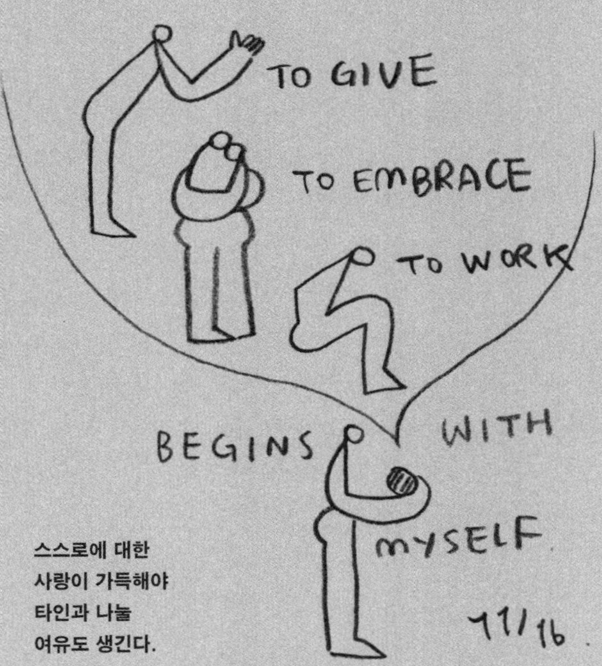

스스로에 대한
사랑이 가득해야
타인과 나눌
여유도 생긴다.

목표는 적는 게 아니라
실천하는 것!

GOALS BY
ACTION
2/6.

하루하루가 쌓여
좋은 습관이 된다.

ADDING
ONE
MORE
2/11.

PERFECT
IN
A
UNPERFECT
WORLD.
1/28

그냥
우당탕탕
시작해 보자.

겨울

모든 것이 변하는 세상에서 나를 지켜 주는 건
매일 쌓아 온 작은 습관이다.

12/17
흐트러질 땐,
기본으로
돌아가자.
REBUILD BASICS
WHEN BASICS TUMBLE

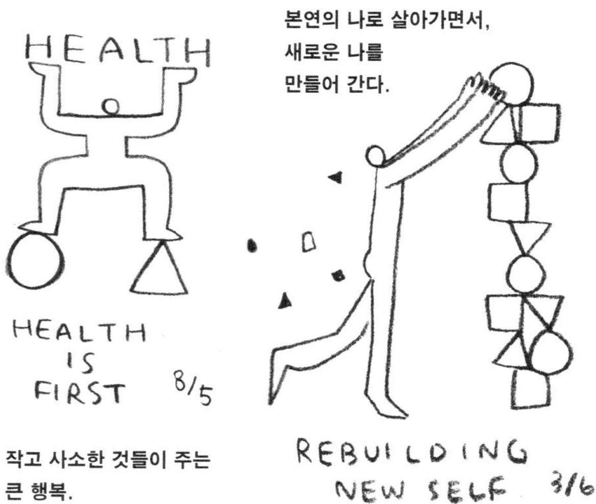
HEALTH
본연의 나로 살아가면서,
새로운 나를
만들어 간다.
HEALTH
IS
FIRST   8/5
작고 사소한 것들이 주는
큰 행복.
REBUILDING
NEW SELF   3/6

겨울

나만의
작은 습관을 이어 가자.
누가 알아주지 않아도.

비 온 뒤
맑아진 공기처럼,
이미 주어진 것들이
결국 큰 행복을
가져다준다.

누구나 자신만의 명상법을
가질 수 있다.

나쁜 습관 하나만 버리고
가볍게 시작해 보자!

봄

PARTS
OF
MYSELF

통제할 수 없는 것을
내려놓고 보내기

나는 단정하고 깔끔한 걸 좋아한다.

눈에 보이는 물건이나 환경뿐 아니라

인간관계와 상황도 명확하고 단순한 게 좋았다.

어린 시절엔 다이어리 꾸미기 마니아였다.

1년 치의 목표와 계획, 일주일 안에 처리해야 할 일,

오늘의 To-Do 리스트까지 미리 써 두면

마음이 놓였다.

네모난 박스 안에 적어 둔 일들이

내 통제 안에 있는 것 같아

안심이 되었기 때문이다.

그래서 기나긴 인생도
내 계획대로 이뤄질 줄 알았다.
대학, 취업, 결혼, 내 가정까지도
내 상상대로 바꿀 수 있을 거라는
자만심에 가득 차 있었다.
하지만 가장 잘 안다고 믿었던,
가장 가까운 사람은
하루아침에 가장 멀고 낯선 존재가 되었다.

일을 시작하면서
수많은 사람을 만나고
새로운 상황을 마주했다.
가장 가까운 가족,
심지어 나 자신조차 바꾸기 어려운데
타인의 말과 행동, 생각까지 통제하는 것은
불가능하다는 사실을
조금씩 받아들이게 되었다.

봄

단순한 걸 좋아하는 나에게
왜 자꾸 복잡한 상황만 주시는지 하늘을 원망했다.

그런데 어느 날 새벽,
그림을 그리다 문득 알게 되었다.
모든 것을 내 틀 안에 맞추려는 욕심이
상황을 더 복잡하게 만든다는 것을.
그 집착을 놓아주는 연습을 하니
세상이 조금씩 단순하게 보이기 시작했다.
통제해야 편할 줄 알았는데,
오히려 놓아주니 마음의 평화가 찾아왔다.

여전히 무언가를
통제하고 싶은 마음이 스멀스멀 올라올 때면,
새벽 다섯 시에 일어나 노트를 펼치고 연필을 든다.
남을 위해서도, 나를 위해서도,
그렇게 그림을 그리며 내려놓고
보내 주는 연습을 한다.

LET
GO
LET
IT BE

걸어 내고 또 걸어 내어 본질만 남기려 했다.
가장 소중한 것들만 지켜 그에 집중하고 싶었다.

봄

CONTROLLABLES
UNCONTROLLABLES
3/3
CHOOSE
YOU.
EVERYTHING ELSE
WILL CHOOSE
YOU TOO
9/2
5/24
FOCUS ON THE
CONTROLLABLES.
3/12
YOU
BECOME
LIGHTER.
5/28.
LET IT BE
7/10
LIMITS
내 한계는 내가 정한다.

7/13
다 잃었다고
생각한 순간,
모든 것을 얻었다.
EMBRACE
YOUR
WORLD
EMBRACE
YOU.
7/16
SEND
AWAY.
3/13

봄

어떤 편견의 벽은 낮아
쉽게 넘을 수 있지만,
어떤 벽은 너무 높아
부술 엄두조차
나지 않는다.

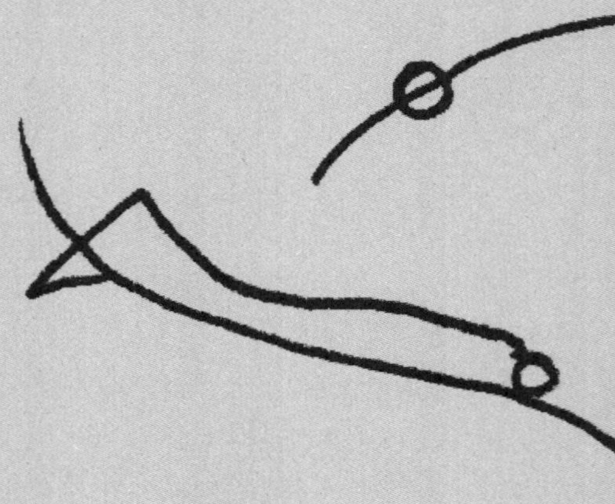

우리는 저마다의 방식으로

봄

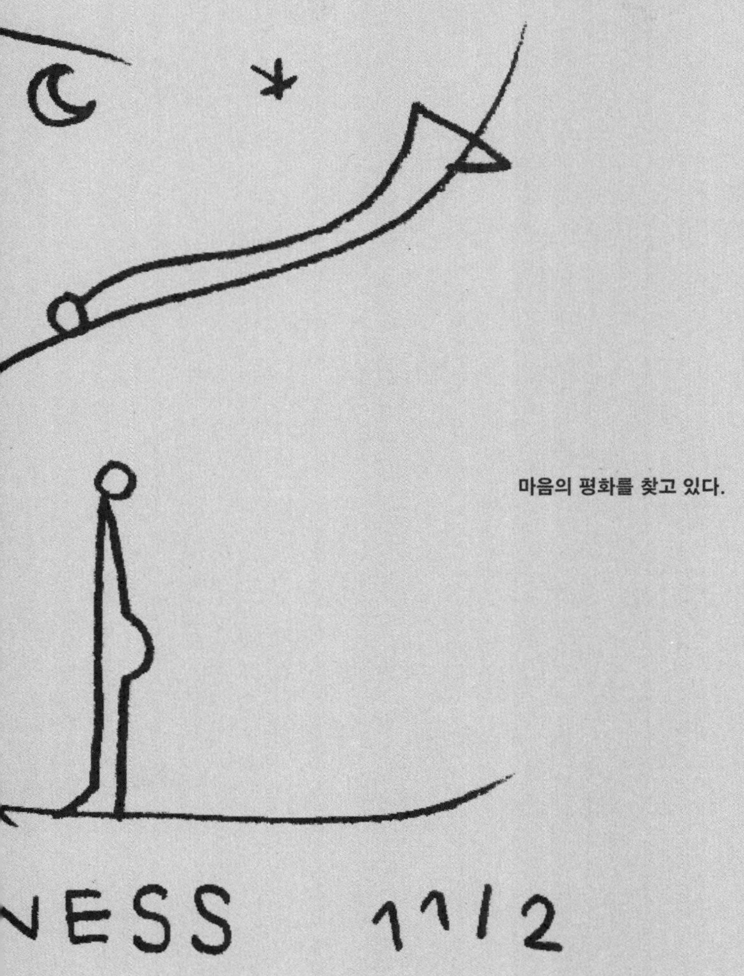

마음의 평화를 찾고 있다.

쓸데없는 자존심은 날려 버리자!

정답은 이미
내 안에 있다.

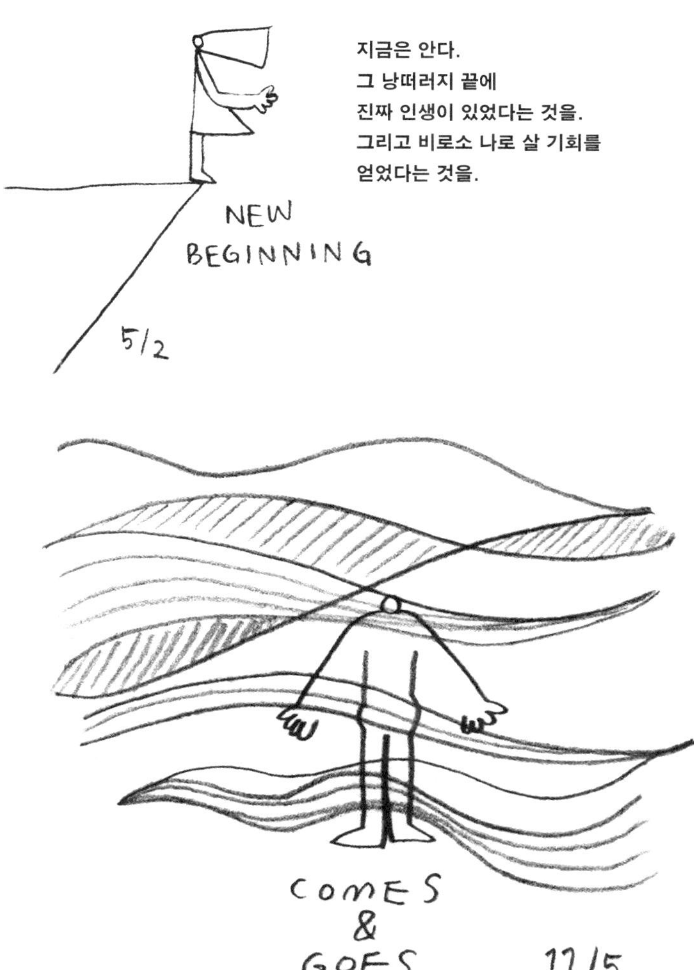

지금은 안다.
그 낭떠러지 끝에
진짜 인생이 있었다는 것을.
그리고 비로소 나로 살 기회를
얻었다는 것을.

나 자신을
바꾸는 일도 쉽지 않다.

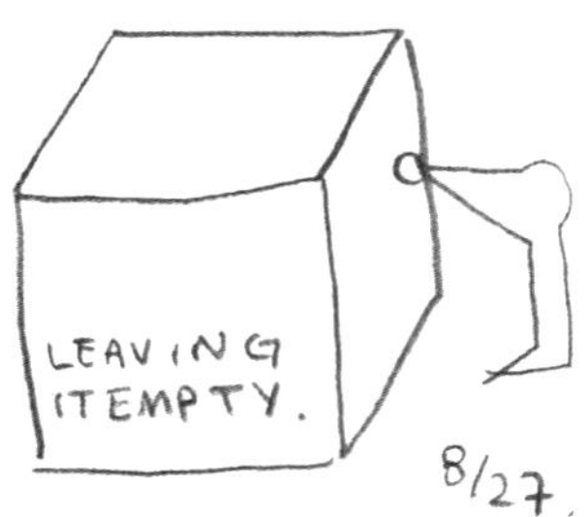

보내야 할 것은 보내고,
비워 둔 채 두는 것도 괜찮다.

진정한 자유는
절제에서 비롯된다.

봄

모두 보내고,
본질만 남기는 것.

인생은 통제 가능한 절제와 인내로 굴러간다.

급작스러운 사건이나 타인의 태도는 바꿀 수 없지만,
받아들이는 내 마음은 선택할 수 있다.
더 나은 것이 준비돼 있음을 굳게 믿자.

냉장고 청소를 하며 깨달았다.
남을 평가하기 전에,
나부터 잘하자.

봄

몰입은 거절에서, 자유는 절제에서,
균형은 단순함에서 비롯된다.

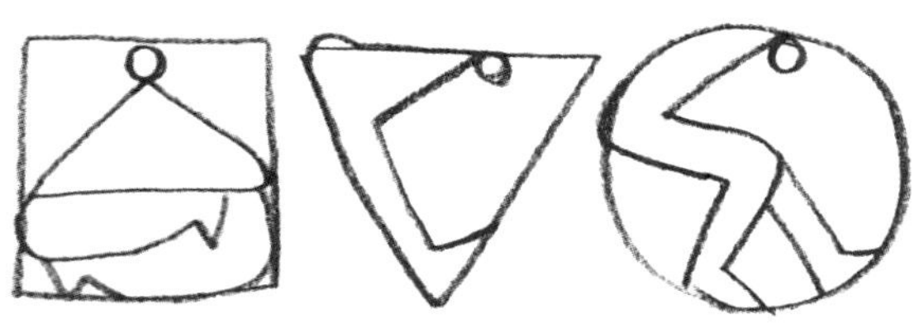

허세를 버리면 자유를 얻고,
자존심을 내려놓으면
힘이 생긴다.
비워 낼 때 비로소
진짜를 손에 쥘 수 있다.

알 수 없는 것은 그냥 놓아주면 된다.

무언가를 더하고 빼는 건 조화를 위한 우주의 법칙 같다.
어쩌면 모든 것을 한꺼번에 담을 수 없어서가 아닐까?

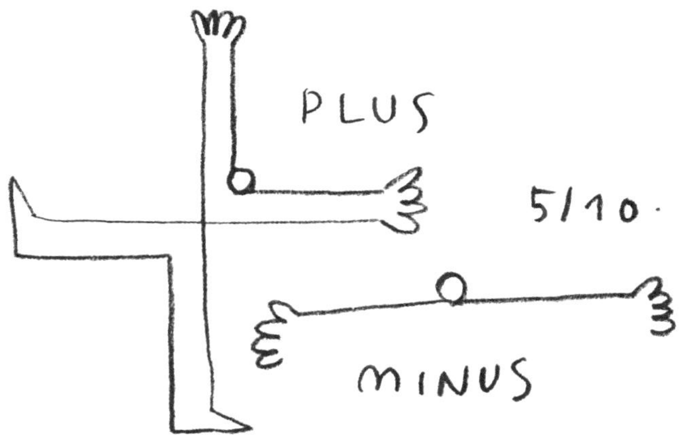

바꿀 수 없는
타인의 세계는
생각하지 말자.
머릿속이 훨씬
가벼워진다.

타인의 기대와
인정에서 벗어나기

모두에게 증명하고 싶었다.

내가 다시 멋지게 일어날 수 있다는 것을.

그렇게 나는 또다시 타인의 인정을 갈망했다.

돈을 좇고, 사람을 좇았다.

그것이 나를 구해 줄 거라 믿었다.

하지만 신기하게도

돈은 좇을수록 모래알처럼 흩어졌고,

시간이 지날수록 의미 없는 목표는

잡을 수 없는 신기루처럼 멀어졌다.
사람을 좇을 때는 더 공허했다.
사람들에게 둘러싸여 있다가도
집에 오면 적막을 견딜 수 없어
방마다 불을 켜고
TV와 라디오를 동시에 틀어 놓았다.
과거의 나에게서 벗어나지 못하고
여전히 행복을 바깥에서만 찾고 있던 것이다.

혼자서도 잘 살 수 있다는 걸 증명하려 했지만,
타인의 기대를 채우려는 일은
밑 빠진 독에 물 붓기였다.
더 기운 빠지는 건
타인의 '낮은 기대'에 맞추는 일이었다.
생각보다 씩씩하게 사는 나를 은근히 질투하거나
의도적으로 깎아내리는 사람들에게 상처받았지만,
그 덕분에 누군가의 기준에 맞춰 살 수 없다는 걸
확실히 깨달았다.

봄

돌이켜 보면,
누구 하나 강요하지 않았다.
타인의 기대와 인정을 갈구한 건
결국 나의 선택이었다.
그리고 남에게 나를 증명하려 애쓸수록
진정한 나와 멀어진다는 배움을 얻었다.

나다워도 괜찮다고 자신을 인정해 주는 것,
시선을 남이 아니라 언제나 나에게 두는 것,
미움받을 용기를 갖는 것,
나 자신부터 믿고 아껴 주는 것.
이런 생각들을
그림으로 표현하며 하루를 시작하면
세상을 얻은 듯한 든든함이 차오른다.

봄

LF,
NE

나다움을 찾는 일에는
생각보다 큰 용기가 필요하다.

DON'T WASTE TIME
TRYING TO FIT
IN TO OTHERS'
OPINIONS.
6/13

NO
NEED TO
PROVE
11/23

나답게, 담백하게 살고 싶다.

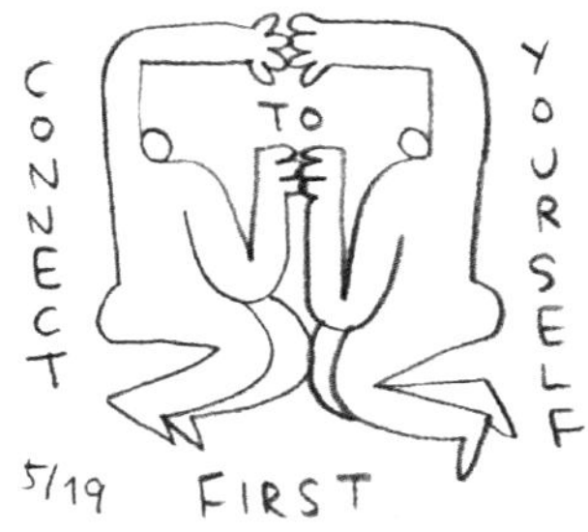

나와 먼저 연결되면
나머지는 저절로 따라온다.

모든 것의 우선순위는 결국 나다.

망가진 모습과 상처, 숨기고픈 과거까지 사랑하는 것.
그것이 나다움으로 가는 길이었다.

나에 대한
확고한 믿음을 갖고 싶다.

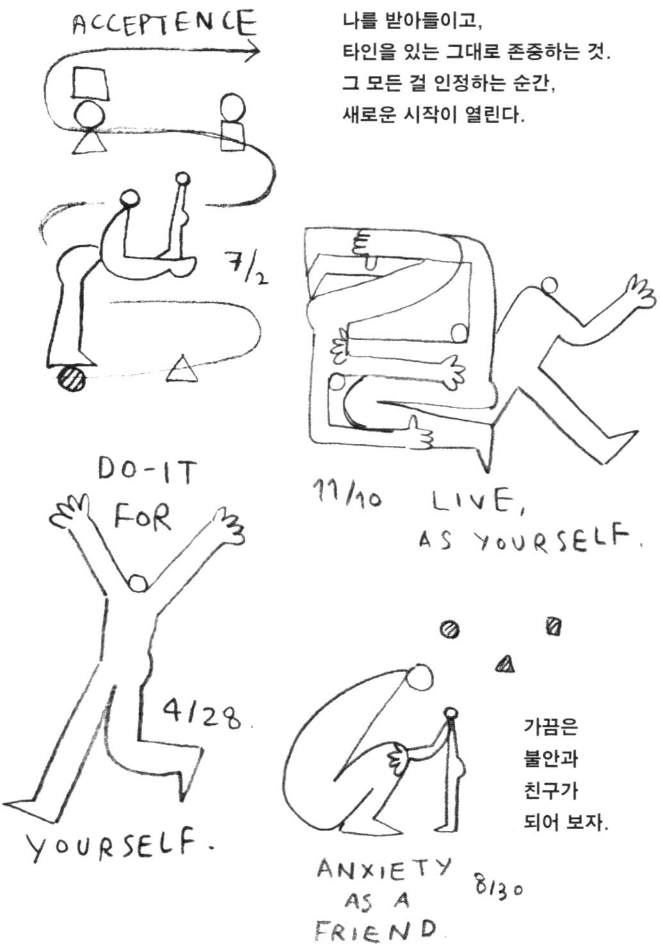

나를 받아들이고,
타인을 있는 그대로 존중하는 것.
그 모든 걸 인정하는 순간,
새로운 시작이 열린다.

가끔은
불안과
친구가
되어 보자.

봄

"살면서
인정받아야 할 사람은
딱 두 명이다.
어린 시절의 나와
미래의 나."
— 김승호 회장

김승호 스노우폭스 창립자. 《돈의 속성》 등 다수의 저서를 통해 경영 철학을 전하고 있다.

나만의 반짝이는 이야기를
다시 써 보자!

나 자신에게만큼은
솔직해지자.

나의 가치는
내가 먼저 알아주고,
스스로 빛을 더해야 한다.

불행할 수밖에 없는 상황에도 행복은 존재한다.
그리고 그 행복을 결정하는 건 바로 나다.

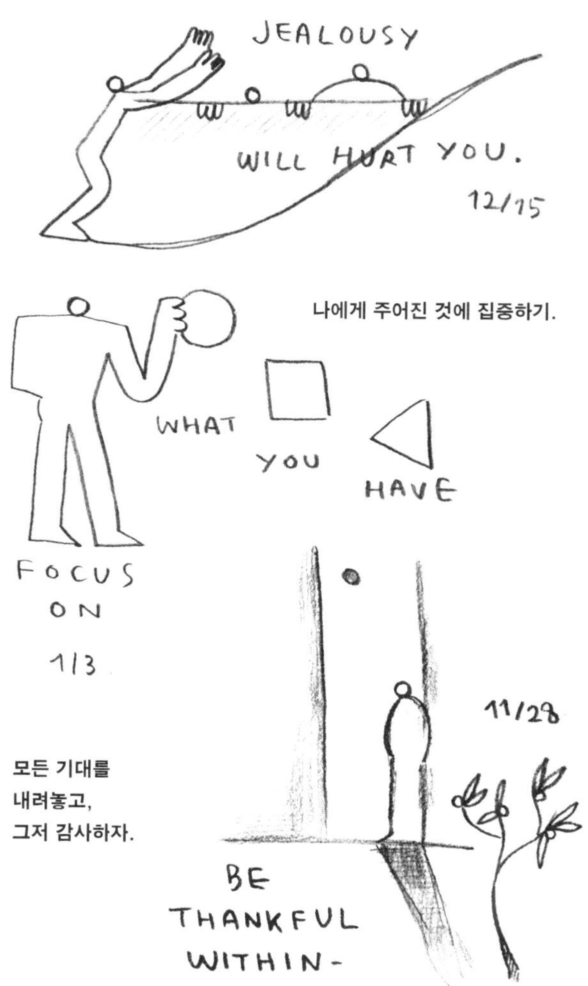

나에게 주어진 것에 집중하기.

모든 기대를
내려놓고,
그저 감사하자.

PATH
MADE
TOGETHER.
12/10
진심은 전하되, 기대는 하지 않는 것.
봄

KEEPING
PROMISES
TO
YOURSELF.
114

타인과의 약속만큼,
나와의 약속도 중요하다.

나 자신에게 인정받는 건,
언제나 어려운 일이다.

814
LOWER
EXPECTATIONS.

APPRECIATED
BY
MYSELF.
6/7.

나의 생각과 감정을
다스리기

엄마가 반찬을 만들어 오셨다.

혼자 일과 살림을 하는 나에게

엄마의 반찬은 구세주 같은 존재다.

그런데 현관문을 열고 들어오신 엄마의 얼굴이

하얗게 질려 있었다.

"어쩌지? 반찬 가방을 지하철에 두고 내렸어."

순간 나도 당황했다.

'오늘 당장 뭘 먹어야 하지?'

하지만 요즘 들어 부쩍

치매를 걱정하시는 엄마에게

탓을 하거나 화를 낼 수는 없었다.

대신 마음을 가다듬고 말했다.

"내게 올 반찬이 아니었나 봐.

필요한 사람에게 갔다고 생각하지 뭐."

우리는 소란을 피우고 아쉬워하는 대신 웃으며 넘겼다.

몇 시간 뒤, 엄마가 커피를 마시다가

조심스레 말씀하셨다.

"아까 네가 그렇게 말해 줘서 금방 털어 낼 수 있었어.

네가 짜증 냈으면 자괴감이 들었을 것 같아."

그때 깨달았다.

찰나의 감정과 생각을 다스리면 말도 달라진다는 것을.

입 밖으로 나오는 말 한마디가

걱정에 불을 지필 수도,

조용히 잠재울 수도 있기 때문이다.

봄

사람으로 태어나 가장 괴로운 것은

'내 마음을 나조차도 어찌할 수 없다.'는

사실일 것이다.

머리로는 다 알면서도 도무지 잡히지 않는 내 마음.

오락가락하는 감정을 가라앉히고,

내 마음의 주인이 되려고 치열하게 고민했다.

그 중심을 건강히 세워야만

비로소 무언가를 새롭게 시작할 힘이 생긴다.

BREAK
YOUR
RULES

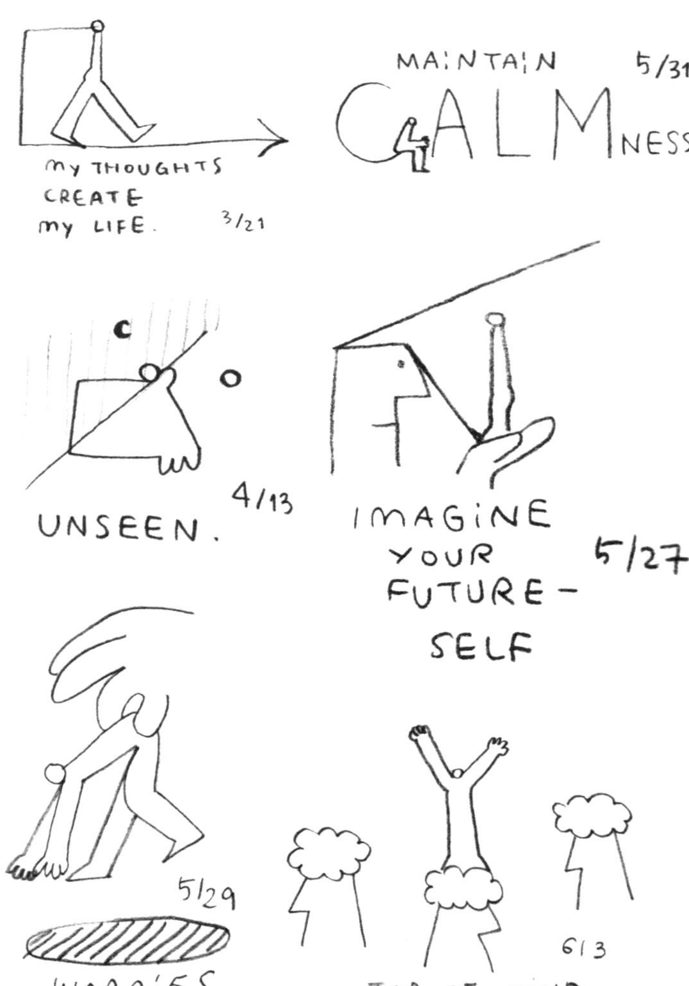

MY THOUGHTS CREATE MY LIFE.
3/21
MAINTAIN
C4ALM NESS
5/31.
UNSEEN.
4/13
IMAGINE YOUR FUTURE-SELF
5/27
WORRIES
5/29
TOP-OF-MIND
6/3

봄

마음의 공간을 비워 두면,
나의 감정들이 조금 더 여유롭게 오가게 된다.

MAKE SPACE
FOR
SADNESS
HAPPINESS
JOY
LOVE
ALL.
2/27

감정에 흔들리지 않도록, 내 중심을 단단히 지키자.

GROUND
9/26 YOURSELF-
FiRMLY.

감정에 흔들리지 않도록, 내 중심을 단단히 지키자.
봄

EVERYTHING
BEGINS
WITH
ME
5/19

YOUR
MOOD
YOUR
CHOICE
6/26

ALIGN
W/ YOUR
SOUL. 6/24

THOUGHTS

FREE
YOUR
THOUGHTS
8/1.

KICK!
GENERAL
KNOWLEDGE
6/20

EMPTY
THOUGHTS
6/6

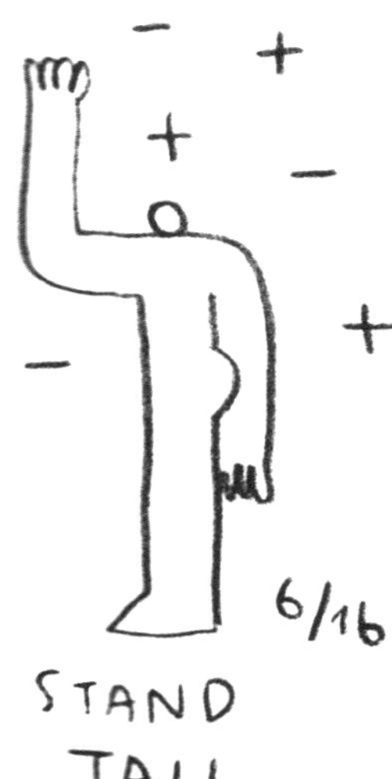

내가 제자리를 지키면,
환경이 플러스든 마이너스든
흔들리지 않는다.

봄

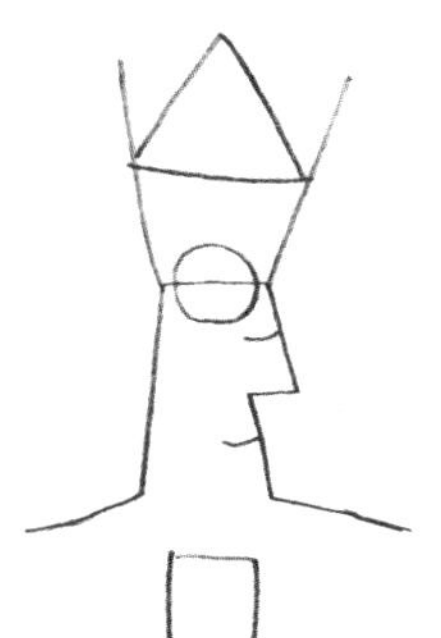

EVERYTHING
IS
ABOUT ENERGY
ALIGNMENT.

7/15

THINGS
UNSAID.

10/23

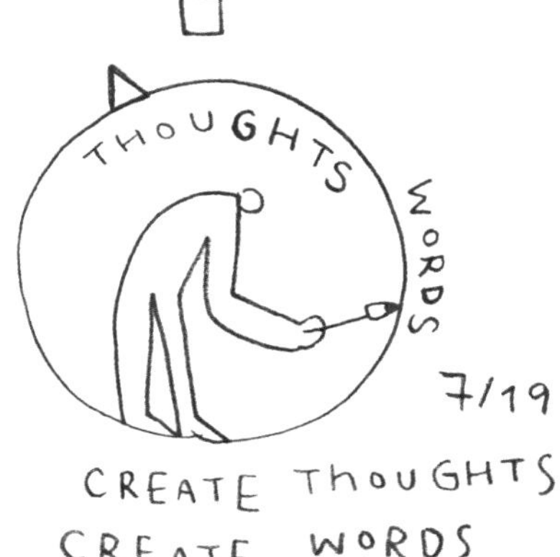

CREATE THOUGHTS
CREATE WORDS
WE ARE CREATORS.

비밀은 입 밖에 나오는 순간,
더 이상 비밀이 아니다.

봄

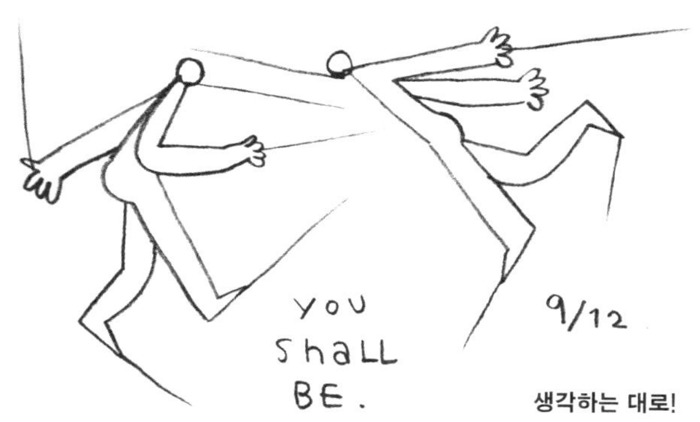

생각하는 대로!

생각이 곧
현실을 만든다.

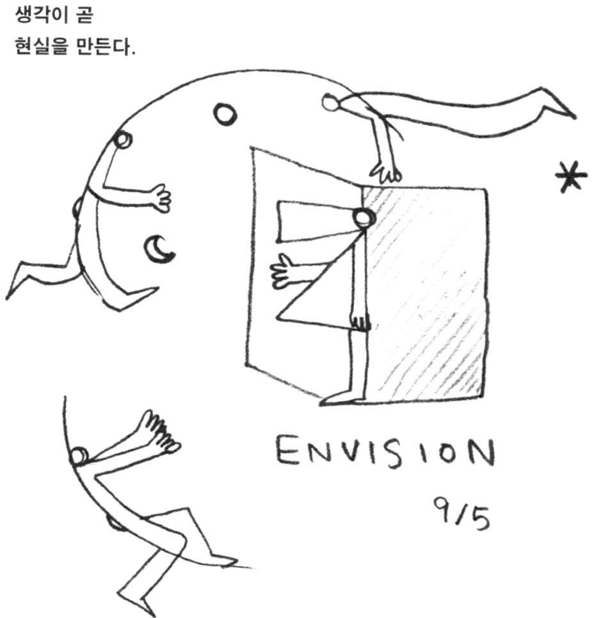

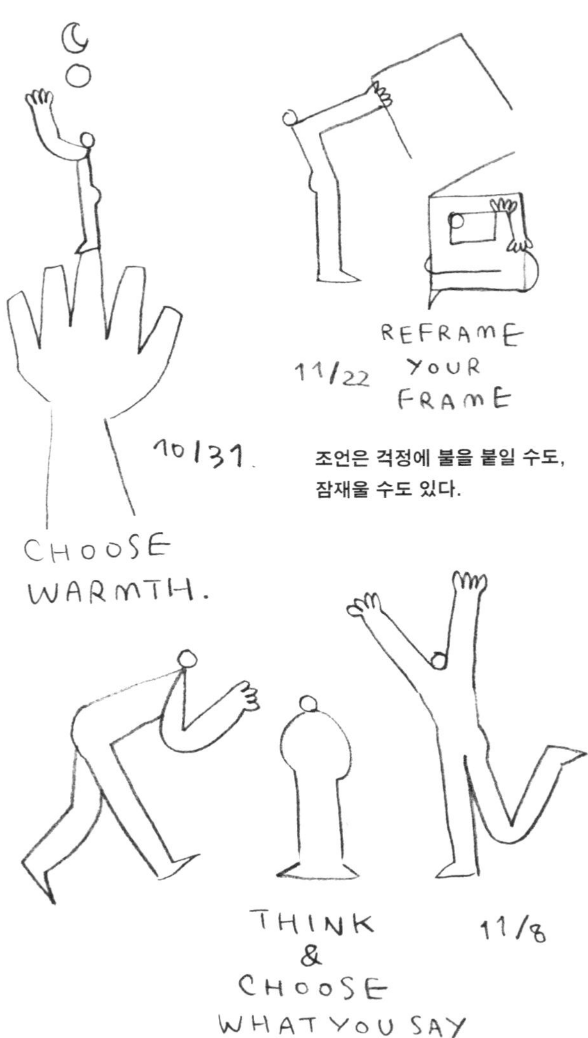
CHOOSE
WARMTH.

10|31.

REFRAME
YOUR
FRAME

11/22

조언은 걱정에 불을 붙일 수도,
잠재울 수도 있다.

THINK
&
CHOOSE
WHAT YOU SAY

11/8

봄

마음은 언제나
무언가를 직감하듯
먼저 신호를 보낸다.

마음과 의도는 결국 내 모양대로
드러나게 되어 있다.

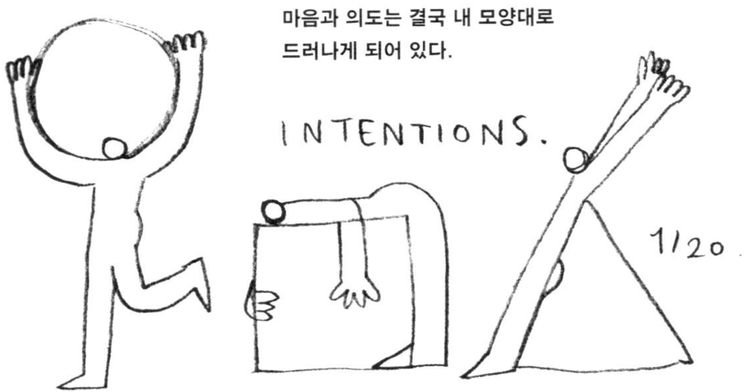

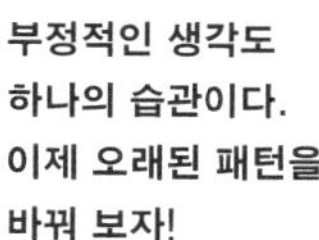

CONTROL
YOUR
EMOTIONS

OR

IT
CONTROLS
YOU.

11/26

내 감정을 잘 다스리자.

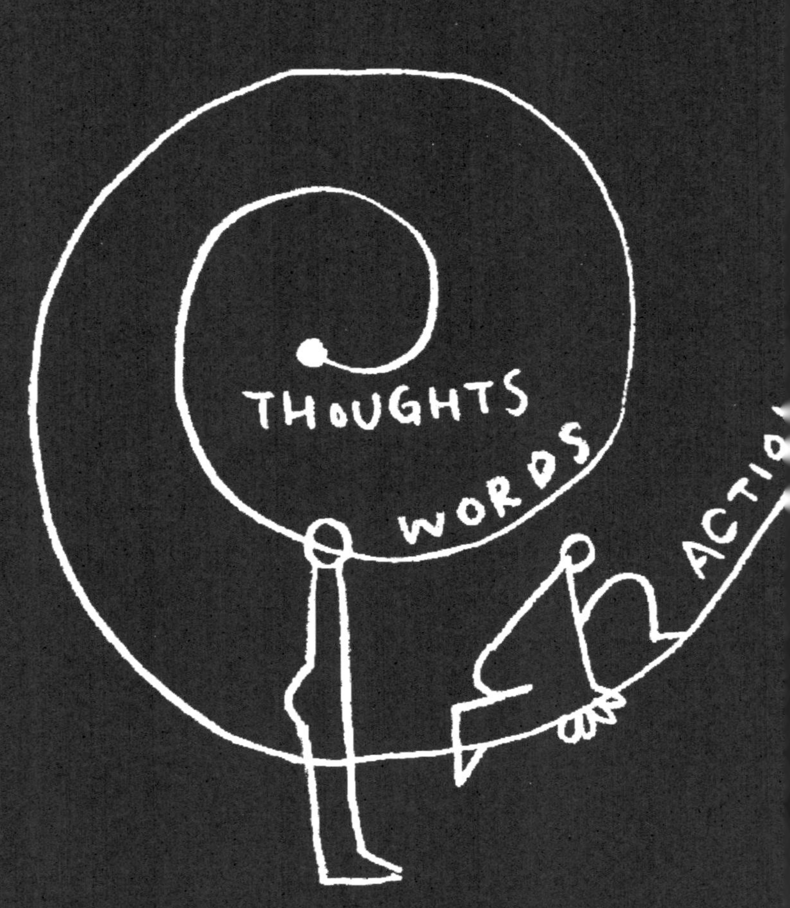

THOUGHTS
WORDS
ACTIO
봄

YOU.

12/9.

사람으로 태어나
괴로운 것 중 하나는,
내 마음을 내 뜻대로
다스릴 수 없을 때다.

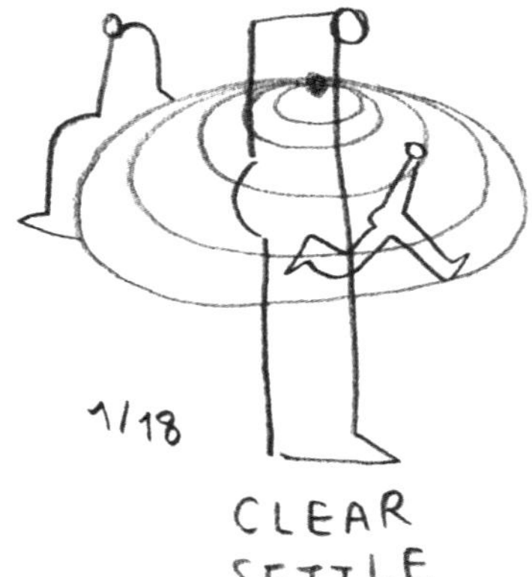

함께 흘린 눈물,
무심히 감싼 친구의 손,
따뜻한 미소와
진심 어린 몸짓,
사랑이 담긴 눈빛.
가끔은 침묵이
모든 것을 전한다.
침묵의 언어도 참 좋다.

나의 말이
곧 나를
대변한다.

SPOKEN WORDS
DEFINE YOU.
2/24

BEGINS
ENDS
WITHIN
ME.
4/15

BEAUTIFUL
WORDS
BLOOM
10/31

FAMILY.
2/13

FAMILY
TIME
5/4

4/29
내가 던진 말은
결국 내게 돌아온다.
EVERYTHING
COMES
BACK

친절에는
값이 없다.
그래서 언제나
또 다른 친절을
낳는다.
KINDNESS
IS
FREE !
11/14

봄

평온한 마음이
모든 것을 이긴다.

새로운 감정엔
언제나 적응의 시간이 필요하다.

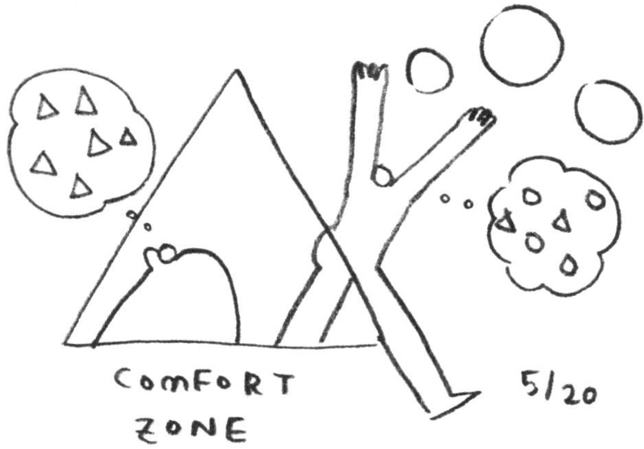

안정감은 환경이 아니라,
마음속에서 만들어지는 것이었다.

상대에게 건네는 따뜻한 한마디가
곧 나 자신에게 친절할 수 있는
첫걸음이었다.

아름다운 생각으로 마음을 가득 채우자.

말은 쉽고
행동은 어렵다.

가까운 사람들에게 잘하자.
그리고 후회 없이 많이 표현하자!

친절과 따뜻함을 전하자.

SPREAD YOUR LIGHT *
8/24
BREAK FREE
8/22
TOTAL HAPPINESS
12/14.
6/19
THE ART OF SPOKEN WORDS

봄

사랑을 마음껏 표현하며 살자.
시간은 한정돼 있으니까!

베푼다는 건,
마음 그 이상의
의미를 나누는 것.

많은 말보다 한 번의 행동이 믿음을 쌓는 데 더 도움이 된다.

봄

대부분의 걱정과 불안은
행동하면 사라진다.

언어의 선택이
그 사람의
세계관을 비춘다.

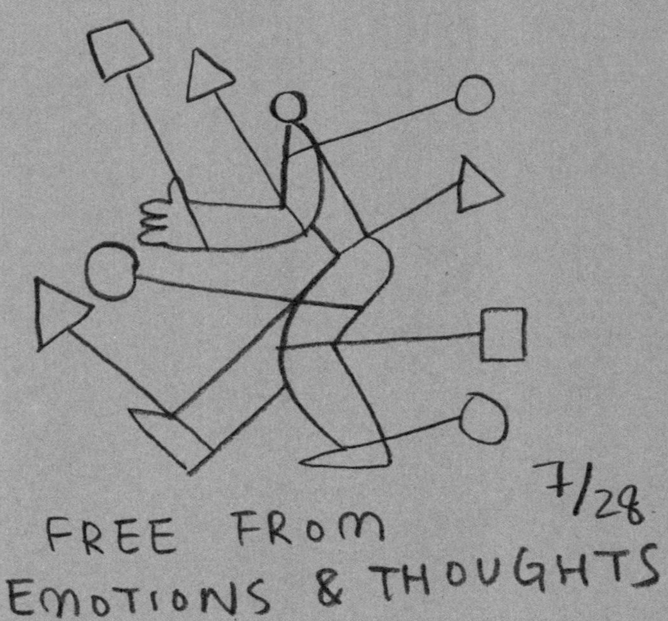

7/28
FREE FROM
EMOTIONS & THOUGHTS

SOME THINGS THAT [NEVER] CHANGE

좋은 면을 보고,
좋은 면을 담을 줄 아는
눈을 가져 보자.

담백하고 솔직하게
감정을 전할 수 있는,
용기 있는 사람이
되고 싶다.

봄

내 마음속 정원에 꽃을 심을지,
잡초를 키울지는 결국 나의 선택에 달려 있다.

조건 없는 친절은 언제나 더 큰 것을 선물한다.
그 가치는 값으로 따질 수 없다.

여
름

새로운 도전과 실패가
두려울 때

한 치 앞도 보이지 않는 절박한 상황에서
닥치는 대로 일을 시작했다.
10년간 경력 단절이었기에 취직은 어려웠고,
블로그와 인스타그램에서 취미처럼 하던 일을
브랜드로 만들어 사활을 거는 수밖에 없었다.
현실적인 문제가 코앞에 닥치니
멋이나 자존심을 따질 여유는 없었다.

그럼에도 오래도록 품고 있던 꿈이 있었다.

바로 '그림 그리기'.

천재적인 화가로 존경받는 외할아버지의 명성에
누가 될까 두려워,
가족 중에 미술을 업으로 삼은 이는 아무도 없었다.
나 역시 경영학 전공에
미술 학원 한 번 다녀 본 적 없기에
세월이 흐르며 꿈은 점점 희미해져 갔다.
그런데 아이러니하게도, 그 희미한 불씨를 되살려 준 건
외할아버지였다.

일에 지쳐 마음이 텅 비어 가던 어느 날,
꿈속에 처음으로 외할아버지가 나타나셨다.
적막한 방에 들어오신 외할아버지는
내게 말없이 빨간 봉투를 건네주시고는
유유히 사라지셨다.
아침에 눈을 뜬 나는 설명하기 어려운 용기를 얻었다.
마침내 꿈을 펼칠 수 있을 것만 같은 용기였다.

여름

그로부터 한 달 뒤,

가족들의 반대를 무릅쓰고 하던 일을 그만 두었다.

정해진 건 아무것도 없었지만,

한 번쯤은 도전하고 싶었다.

단 한 번뿐인 인생이니까.

비전공자인 나는

얼굴 없는 사람을 그리는 연습부터 시작했고,

매일 새벽 명상하듯 그림으로 하루를 열었다.

완벽해야 한다는 강박에서 벗어나,

그 시간만큼은 자유롭게 나를 표현할 수 있었다.

실패나 성공과는 상관없이

그림 안에서 나는 가장 나답고 자유로웠다.

지금은 '그림'이 내 일상이 되었지만,

되돌아보면 헛된 경험은 하나도 없었다.

힘든 일도, 낯선 변화도 결국 지금의 길로 나를 이끌었다.

모든 과거가 지금까지도 새벽 드로잉을

이어 가게 하는 영감의 원천이 되었다.

도전과 실패, 그리고 작은 성공들이 모여
나만의 은하를 만든 것이다.
예전엔 항상 결과로만 성공과 실패를 판단했지만,
나를 단단하게 만든 건 언제나 그 과정이었다.
결과가 어떻든 배움을 얻는다면 성공인 셈이다.

나는 믿는다.
나같이 평범한 사람도 해냈으니,
누구나 도전할 수 있다고.
마음 깊숙이 묻어 둔 반짝이는 꿈을 꺼낼
작은 용기만 있으면 된다고.
작은 보폭으로 한 걸음씩 내딛다 보면,
분명 그 과정을 즐길 수 있을 것이다.

여름

UNFOLD

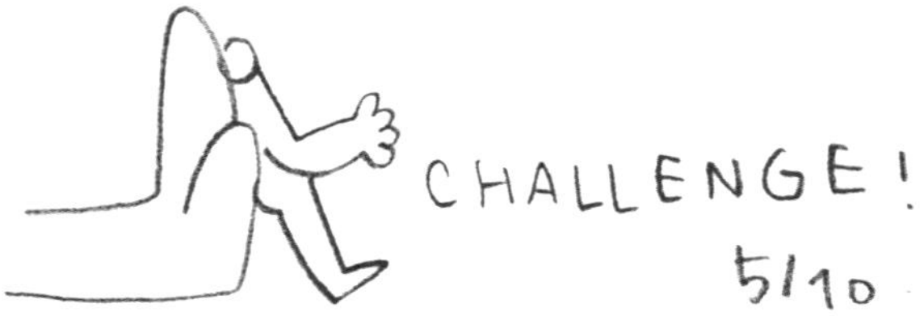
CHALLENGE!
5/10

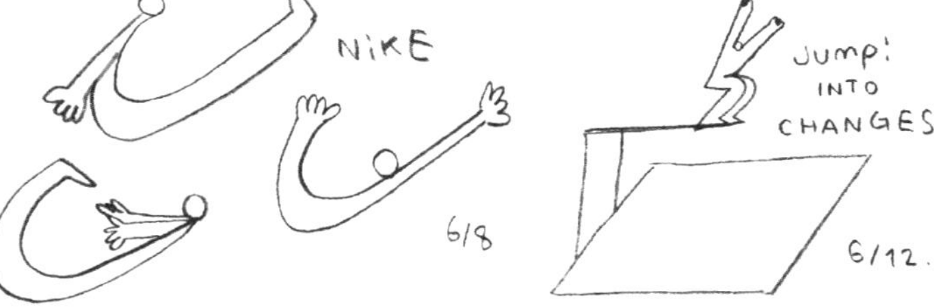

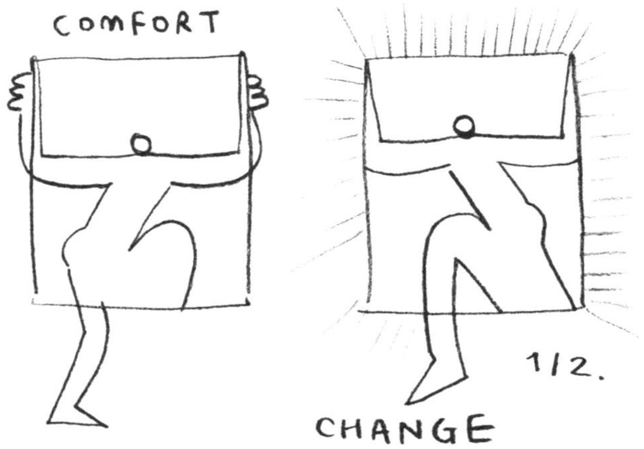
COMFORT
1/2.
CHANGE

NiKE
6/8

Jump!
INTO
CHANGES
6/12.

결국 돌아갈 곳은 자기 자신이다.
그러니 용기 내어 시도하고,
나답게 살아가 보자.

익숙함에서 벗어나 보자.
부정적인 감정에서 벗어나야
새로운 싹이 틀 수 있다.

나의 안전지대가 오히려 나를 불행하게 만든다는 걸 알았지만,
그 불행조차 익숙해져 깨고 나갈 엄두가 나지 않았다.
이제는 안다. 불편함이 기적을 선물한다는 것을.
변화가 두렵더라도, 기꺼이 빛으로 나가 문을 열자.

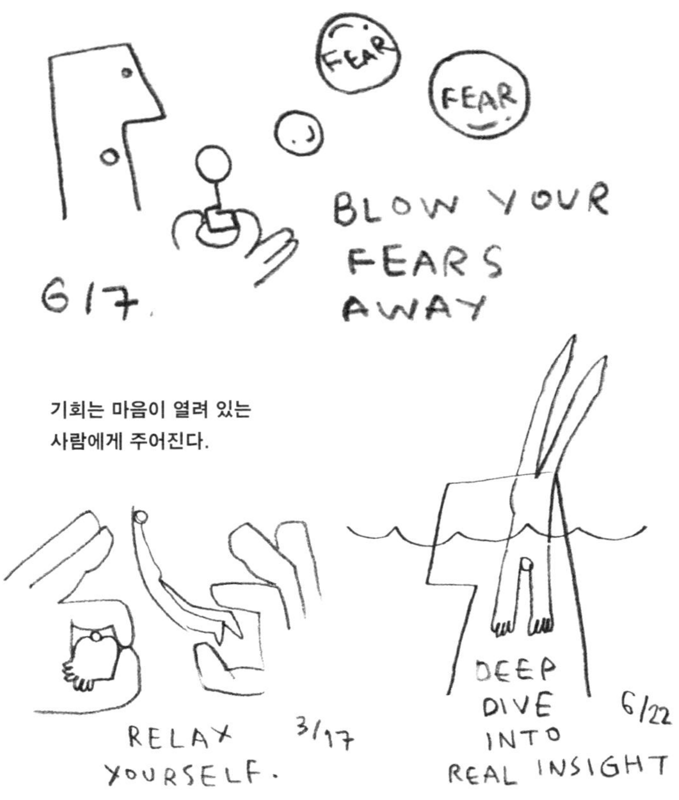

기회는 마음이 열려 있는
사람에게 주어진다.

여름

KNOW
YOUR
WORTH
4/12

여름

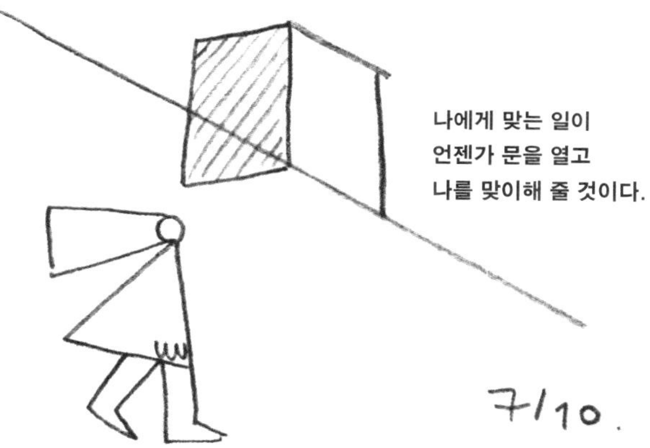

나에게 맞는 일이
언젠가 문을 열고
나를 맞이해 줄 것이다.

7/10.
THE RIGHT DOOR WILL
OPEN,
W/OUT KNOCKING.

7/31.
KNOWN
UNKNOWN
CROSS OVER TO THE UNKNOWN

하나의 일을 잘 끝내야, 새로운 일도 잘 시작된다.

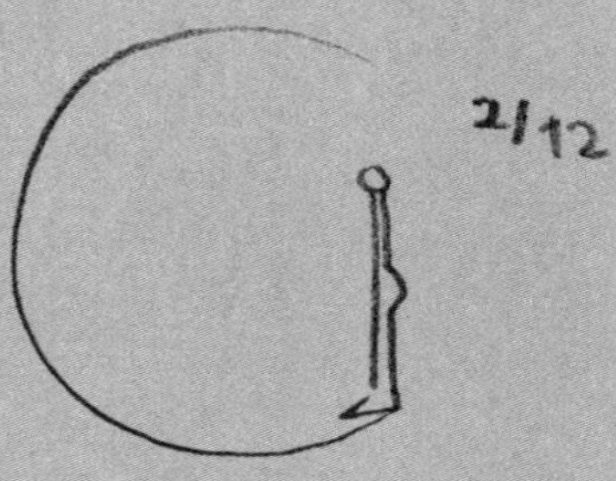
21/12
EVERYTHING
ENDS

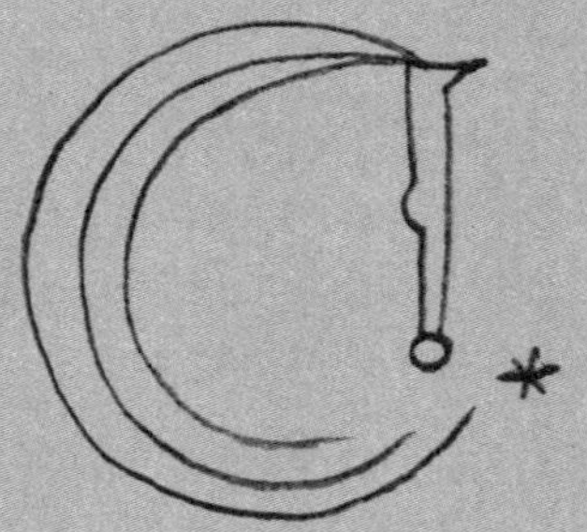
THEN AGAIN,
SOMETHING
NEW STARTS.

여름

지금 하는 일에서
즐거움을 찾자!

성장할지 머무를지는
오롯이 나의 선택이다.

닫힌 문에는 이유가 있다.
그러나 또 다른 문이
반드시 열릴 것이다.

여름

무엇이든,
가능성은
무한하다!
GO
FOR
IT.
4/8
10/11
MILESTONES
10/7
THE FUTURE ..
..hOLDS YOUR
BELIEFS

그림 속에서 나는,
완벽하지 않아도 괜찮았다.

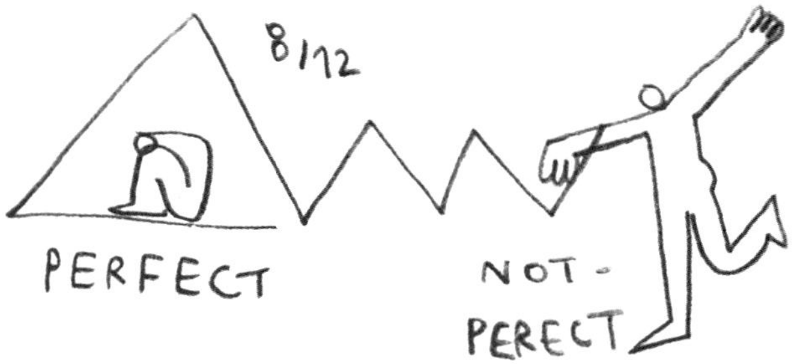

최선을 다하면
최소한 후회는 없다.

많은 실패를 겪으며
나 자신을 객관적으로
보기 시작했다.

변화의 순간이 오면 외쳐 보자.
"지금이 바로 점프할 시간!"

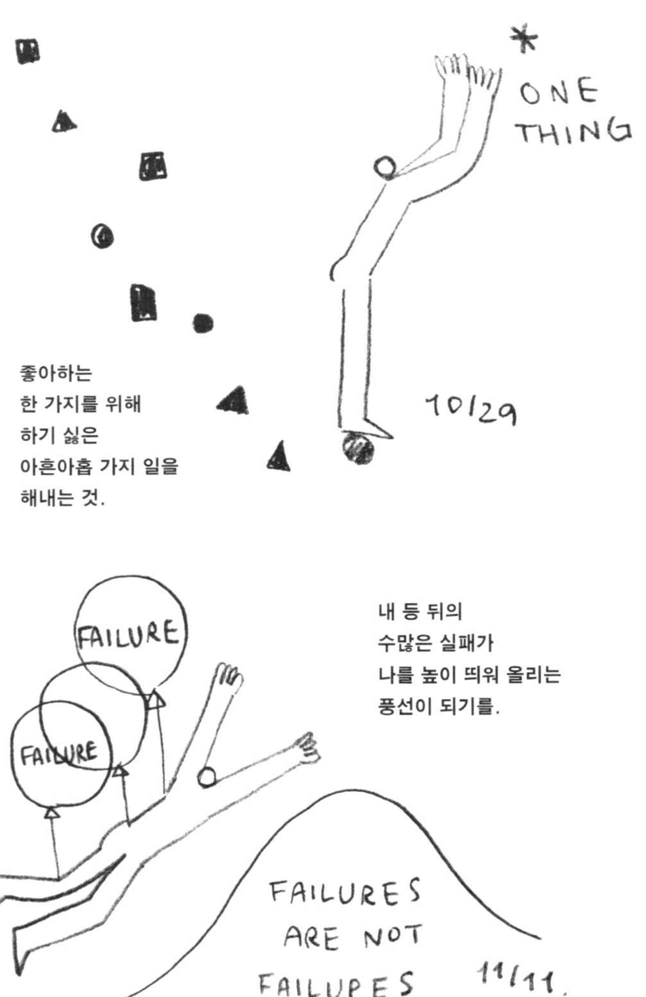

좋아하는
한 가지를 위해
하기 싫은
아흔아홉 가지 일을
해내는 것.

내 등 뒤의
수많은 실패가
나를 높이 띄워 올리는
풍선이 되기를.

여름

일의 끝맺음은
곧 새로운
시작이니까!

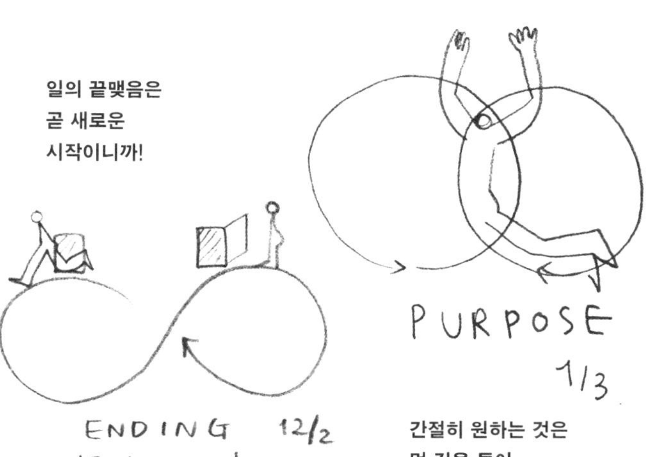

간절히 원하는 것은
먼 길을 돌아
결국 찾아오는 법이다.

배움에는 끝이 없다.

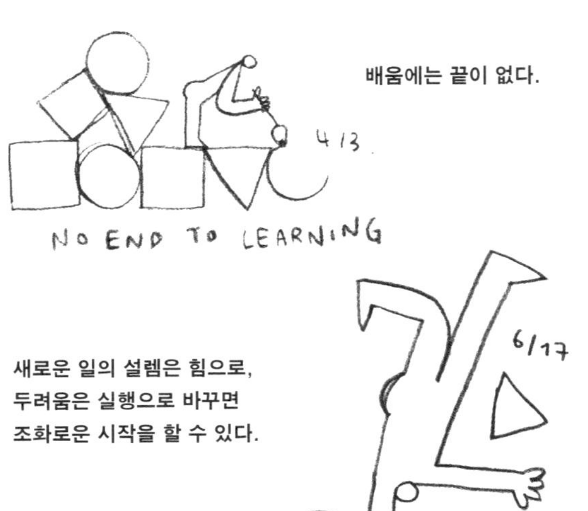

새로운 일의 설렘은 힘으로,
두려움은 실행으로 바꾸면
조화로운 시작을 할 수 있다.

여름

2024
BELIEVE IN
YOURSELF.
YOU WILL WIN.
1/1/2024.

KEY
WIN
YOURSELF
DEEP FRIENDSHIP
TOGETHER
SPREAD
SHARE
happiness is VERY
HEAR
YOU
DO iT NOW
magical moments awaits
pass on your love
Buy sell
why?
PEACE
REALITY
HAPPY NEW YEAR TOGETHER!
BACK TO BASICS
HABITS
REBOUND
SYNERGY
LAYERS
BAL ANCE
NEW RELATIONSHIPS
simple
LIGHT UP YOUR MUSiES
blank
margin
REPEAT
TEA M WORK
WHY?
HOW
YOU ARE BEAUTIFUL

남과 비교하며
조급해질 때

자동차 운전석에 앉자마자

핸들에 얼굴을 파묻고 펑펑 울었다.

또 마음만 앞서 있었기 때문이다.

브랜드를 만든 지 얼마 되지 않아

주변의 도움으로 백화점 팝업 제의가 들어왔고,

그때부터 앞만 보고 달렸다.

성공하고 싶은 마음이 너무나 간절했다.

다른 브랜드 대표처럼 직원들과 함께하고 싶어

더 많은 제품을 만들며 몸을 갈아 넣듯 일했지만,

섣부른 마음은 늘 몸을 다치게 했다.

마흔이 되면 환경도 안정되고
멋진 어른이 되어 있을 줄 알았다.
하지만 현실은 제2의 사춘기처럼 혼란스러웠고,
이룬 것이 없는 것 같아 마음은 조급해졌다.
일찌감치 자리 잡은 친구들을 보면
자꾸 비교하게 되었고,
그래서 쓸데없이 자존심을 세우며
점점 마음을 감췄다.

나만의 속도로, 나만의 길을 만들려면
먼저 나 자신부터 잘 알아야 했다.
정답 없는 그림을 새벽마다 그려 가며 나에게 집중하자,
조금씩 자신을 알아갈 수 있었다.
남에게 증명하려는 마음을 내려놓고,
먼 미래가 아닌 현재에 머무는 법을 배워 갔다.
한계를 인정함과 동시에
고유한 나를 발견하게 되었고,

여름

에너지를 아낄 수 있었다.

안정된 길에서 강제로 벗어난 것이

어쩌면 행운일지도 모른다.

내 인생의 주인이 될 기회가 주어졌으니 말이다.

이제는 내 호흡대로, 내 방향대로

나만의 길을 걸어간다.

인생은,

40대든 60대든

한 개의 차선으로만 달리는

경주가 아니니까.

현재에 충실할 때,
시간은 나의 편이 된다.
굳이 증명하거나
애쓸 필요가 없다.

여름

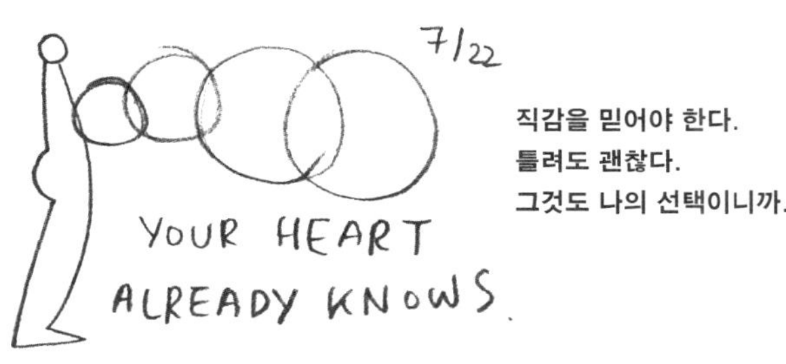

직감을 믿어야 한다.
틀려도 괜찮다.
그것도 나의 선택이니까.

내가 쏟은
시간의 힘을
믿는다.

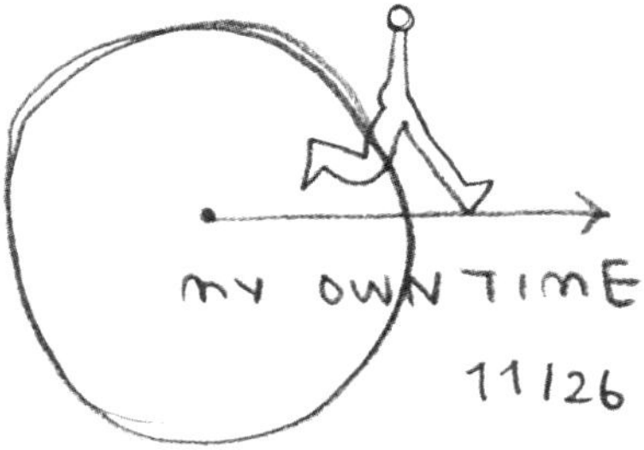

몸이 아프면
마음의 여유도 사라진다.
몸과 마음은
언제나 연결되어 있다.

여름.

시간은 누구에게나
공평하게 주어지지만,
그 속도는 각자
다르게 흐른다.

나만의 속도로 꾸준히 걸으면
생각보다 빨리 원하는 곳에 닿을 수 있다.

현재에 머물면
조급함이
한결 덜해진다.

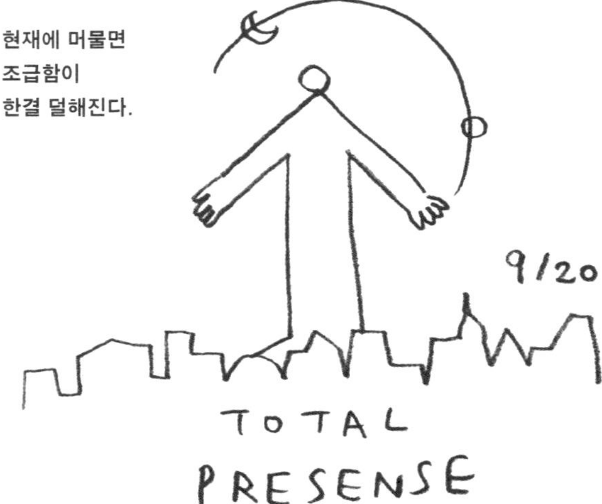

사실 내가 걷는 길은 '반대 방향'이 아니라
그저 '다른 방향'일 뿐이었다.

여름

행운과 기회는
늘 가까이에 있다.

진정한 복수는
복수심을 아예 버리는 것이었다.

찰나의 기분으로 한 선택은
실수와 후회를 낳는다.

현재에 머무는 것만으로도
불안과 걱정을 줄일 수 있다.

여름

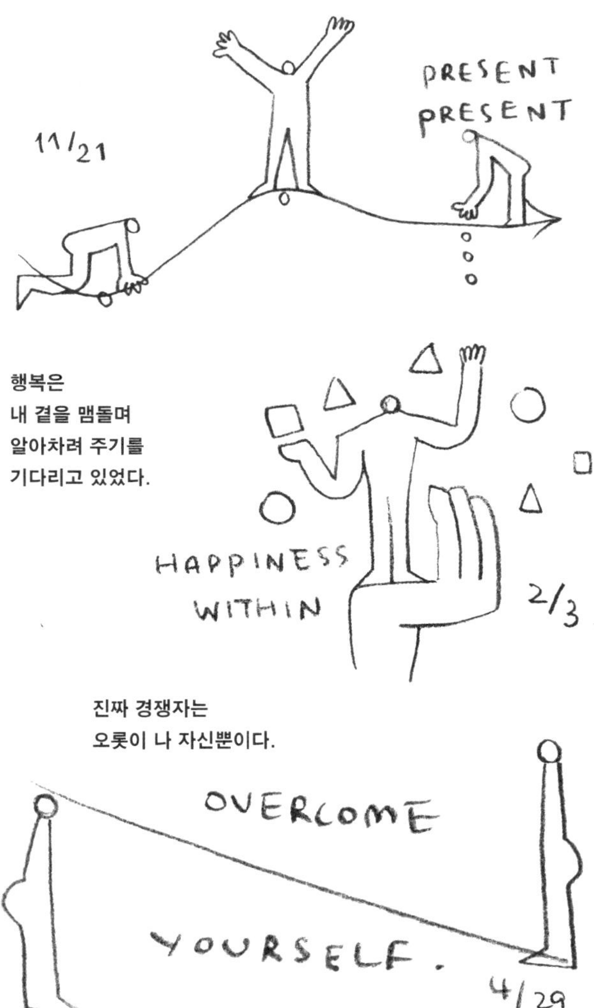

행복은
내 곁을 맴돌며
알아차려 주기를
기다리고 있었다.

진짜 경쟁자는
오롯이 나 자신뿐이다.

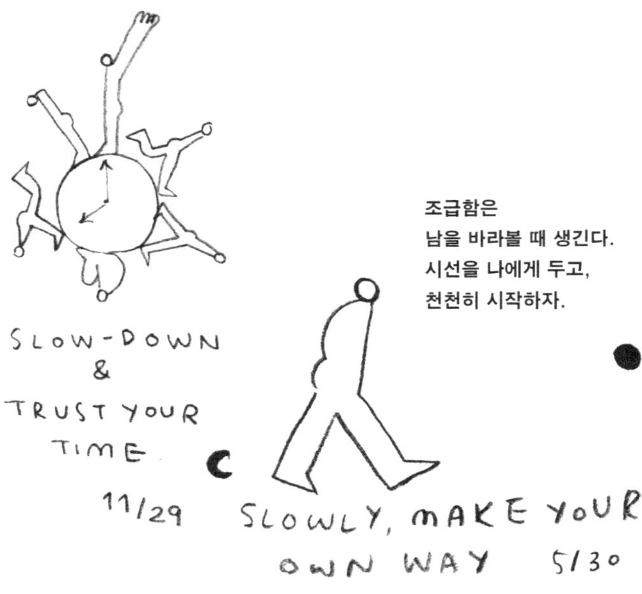

조급함은
남을 바라볼 때 생긴다.
시선을 나에게 두고,
천천히 시작하자.

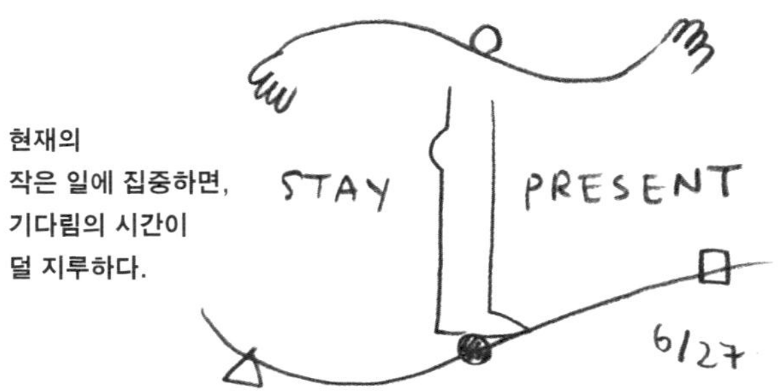

현재의
작은 일에 집중하면,
기다림의 시간이
덜 지루하다.

여름

때가 아니면 작은 것에도 쉽게 넘어지지만,
때가 되면 작은 것조차 디딤돌이 되어 나를 돕는다.

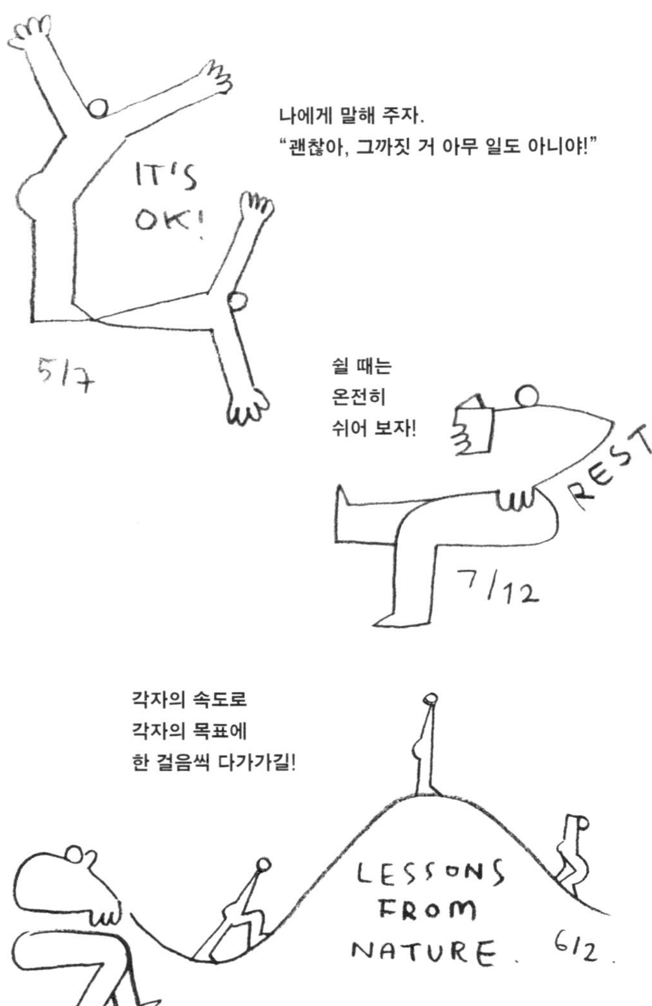

나에게 말해 주자.
"괜찮아, 그까짓 거 아무 일도 아니야!"

쉴 때는
온전히
쉬어 보자!

각자의 속도로
각자의 목표에
한 걸음씩 다가가길!

여름

“그건 다 소음일 뿐이야. 너 자신에게 집중해.”
— 영화 〈F1〉 중에서.

쉼과도 친해질 시간이 필요하다.

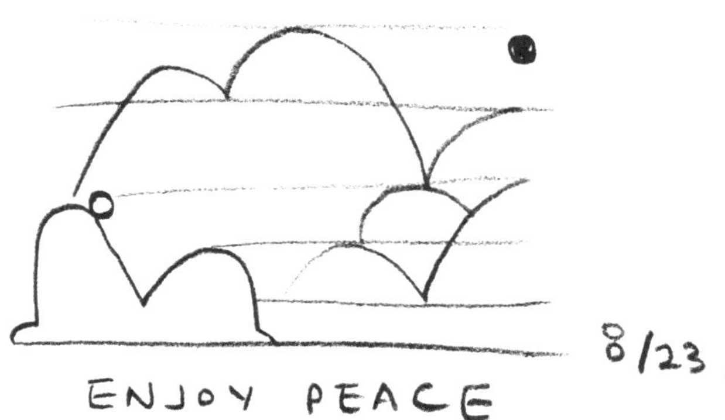

FAMILY
TIME.

일, 육아, 살림, 인간관계 사이에서
균형 잡기

"할머니, 할아버지가 미웠던 적은 없어요?"
나는 외할머니께 자주 같은 질문을 드리곤 했다.
하지만 할머니의 대답은 한결같았다.
"왜 없어, 사람인데.
그런데 한 번도 그런 말을 해 본 적은 없어."

뼛속까지 화가였던 외할아버지 대신
다섯 남매를 키우고
가정 경제까지 책임졌던 외할머니는

나의 멘토이자 온 가족의 정신적인 지주였다.

그 시대에 여성, 그것도 학자 집안의 장녀가

일을 한다는 건 상상하기 힘든 일이었다고 한다.

그래서 가족들은 할머니께

'그나마 점잖아 보이는 사업'이라며

서점을 열어 주었고,

그 서점이 지금도 혜화동에서 운영되고 있는

〈동양 서림〉＊이다.

하지만 처음 서점을 열었을 때 할머니는

몇 달 동안 손님과 눈도 잘 마주치지 못했다고 한다.

어릴 적 홍콩에서 살던 나는

방학이면 한국에 들어와 외할머니 댁에서 지냈다.

할머니 집은 늘 깨끗했고, 모든 물건이 제자리를 지켰다.

10년 넘은 물건도 어제 산 것처럼 반짝였다.

동양 서림　1953년, 화가 장욱진의 부인인 이순경 씨가 혜화동 현 위치에 문을 연 서점이다. 이순경 씨는 1968년 책방 경영자 최초로 출판 유공자 표창을 받았으며, 1987년에는 33년 동안 함께 서점을 지켜 온 직원 최주보 씨에게 서점을 인계했다. 동양 서림은 같은 자리에서 약 70년 동안 운영을 이어 오며 현재 '서울 미래 유산'으로 지정되어 있다.

여름

작은 것도 조심스럽게 다루는 할머니에게서는
조급함을 찾아볼 수 없었다.
나는 그런 할머니를 닮고 싶었다.

하지만 가장이 된 나는
살림, 육아, 일, 인간관계까지 신경 쓰느라
늘 지쳐 있었다.
아침엔 아이 등교 준비,
하교 후엔 간식과 저녁거리를 챙겨야 했고,
집안일도 혼자 감당해야 했다.
퇴근 후에도 쉴 틈 없이
다음 날 배송할 물건을 포장하고,
부족한 부분을 채우려 온라인 강의를 들었다.
균형과는 거리가 먼 삶이었다.

숨이 턱까지 차오르던 어느 날,
나는 엄마에게 물었다.
"할머니는 어떻게 그 질서와 평온함을
유지하셨던 걸까?"

답은 의외로 단순했다.

할머니의 우선순위는 언제나 가족이었고,

나머지 인간관계에 애쓸 필요가 없었다.

주변 환경은 최대한 간소하게 정리해

불필요한 에너지를 줄였다.

그렇게 자신의 세계를 단순하게 만들어

본질적인 행복에 집중했고,

그 균형이 가정의 평온함으로 이어진 것이었다.

나도 살아 나가려면 실천해야 했다.

원래도 물건이 많진 않았지만,

살림을 더 간소하게 만드는 데 꼬박 1년이 걸렸다.

환경이 깨끗해지자 일에 더 몰입할 수 있었고,

집에 오면 온전히 쉴 수 있었다.

새벽 드로잉으로

나의 우선순위와 균형에 대해 그릴 때마다

할머니의 말씀이 떠오른다.

"어차피 되어지는 일은 다 되어진단다."

여름

LI
FE
EVERYTHING
IS ABOUT
BALANCE
7/22

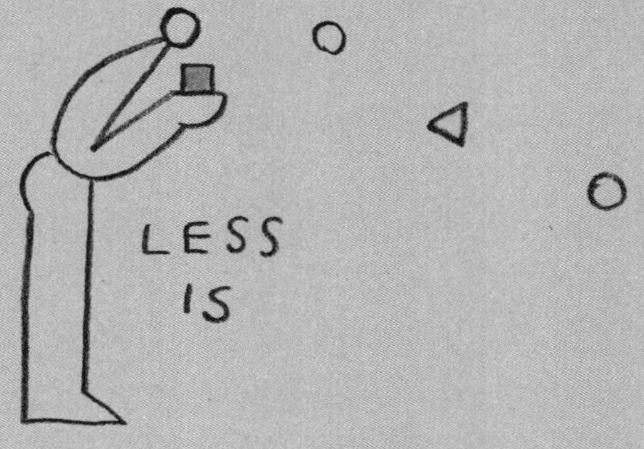
LESS
IS

MORE.

HARMONY
6/18.
LESS
IS
ALWAYS
MORE.
7/5
EVERYTHING
IS
SIMPLE
WHEN YOU BREAK
IT DOWN.
7/8

여름

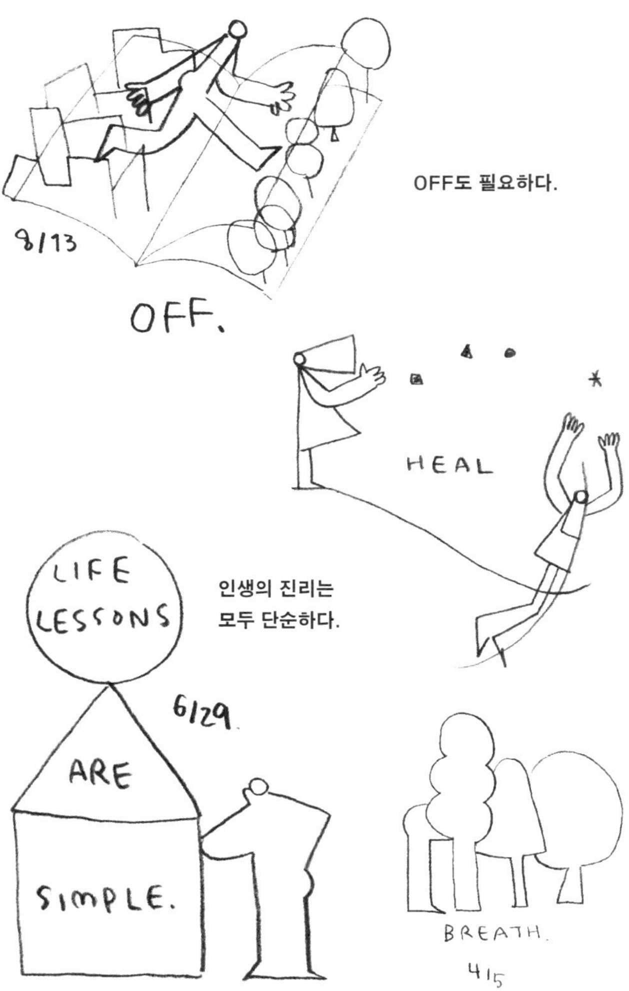

8/13
OFF.
OFF도 필요하다.
HEAL
인생의 진리는
모두 단순하다.
LIFE
LESSONS
6129.
ARE
SIMPLE.
BREATH.
415

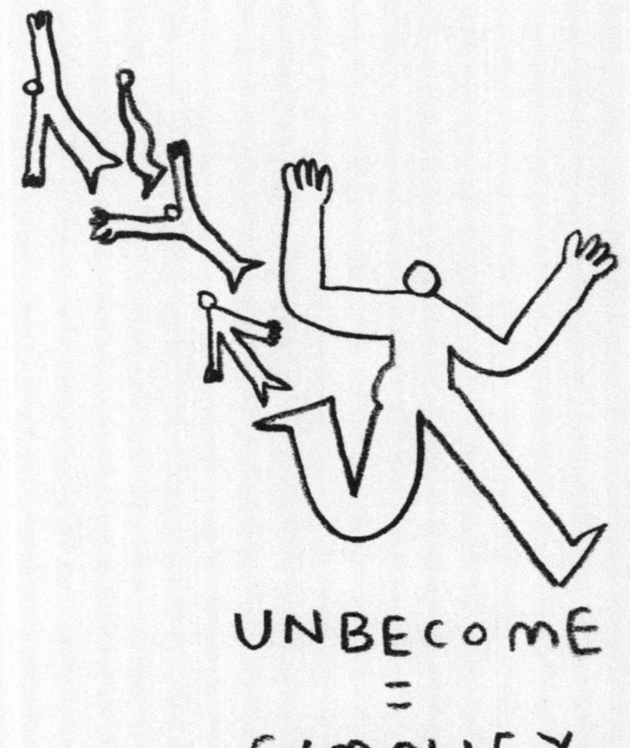

여름

나에게 맞는 것들은
가장 단순한 모습으로
다가온다.

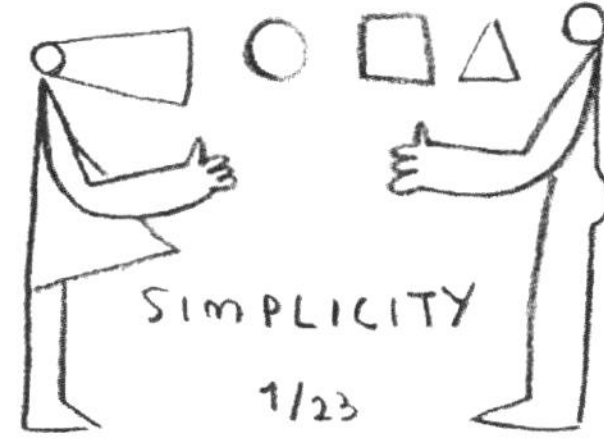

나의 에너지는
스스로 잘 충전하자.

아무것도 하지 않는 것이
오히려 전부일 때가 있다.

10/28

SOMETIMES
DOING NOTHING
IS DOING EVERYTHING.

8/25

LET NEW
THINGS IN

보내 주고 비워 내야
새로운 것이
들어올 자리가 생긴다.

여름

나이가 들수록
'적당한' 균형을 지키는 게
중요하다는 걸 느낀다.

또, 해야 할 일보다 하지 말아야 할 일을 지키는 게
더 이롭다는 것을 배워 간다.

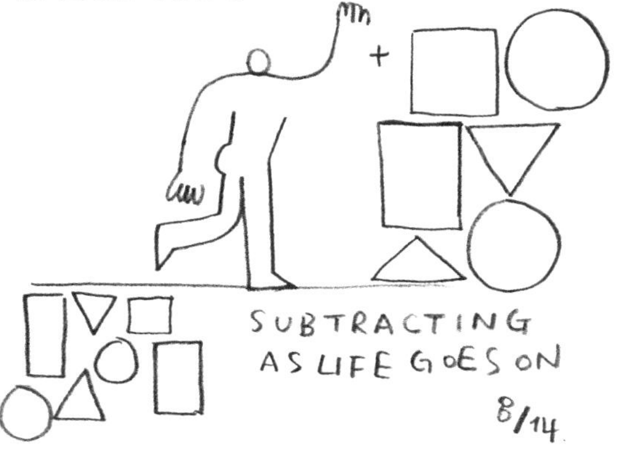

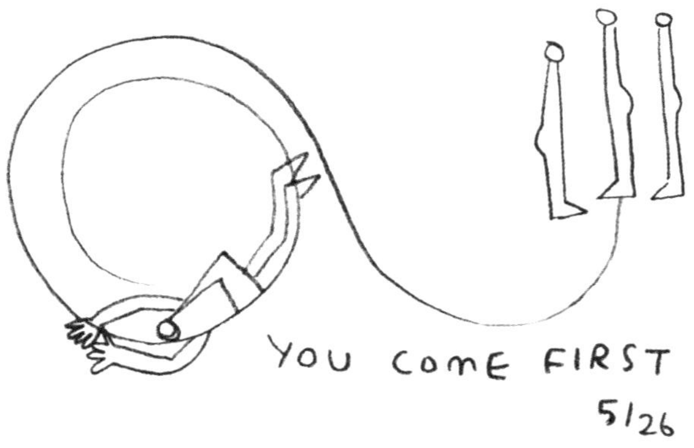

그 누구보다 나 자신이 먼저다.

여름

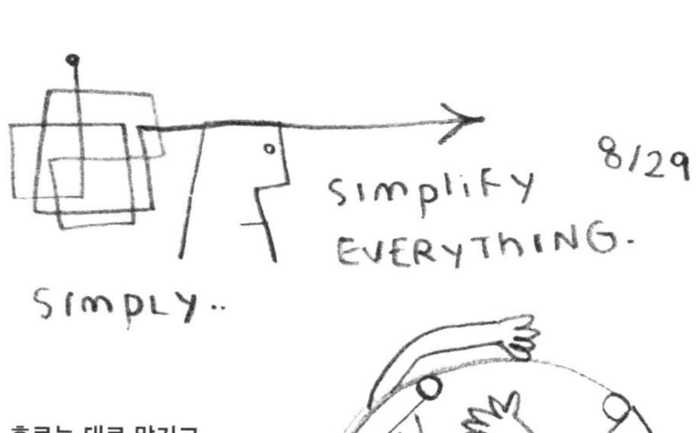

흐르는 대로 맡기고,
내가 할 일에
집중하다 보면
될 일은 저절로
이루어진다.

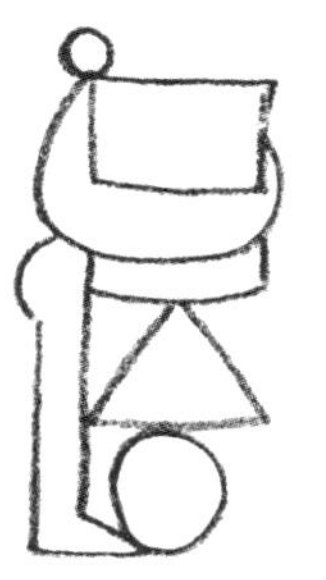

기본만 지켜도
일의 탁월함은
중간 이상
간다는 걸
배웠다.

REST
1/21.

THE ART OF
SIMPLICITY
12/12

9/22
PEACE
WITHIN
YOURSELF
LEAVE
BEHIND
9/13

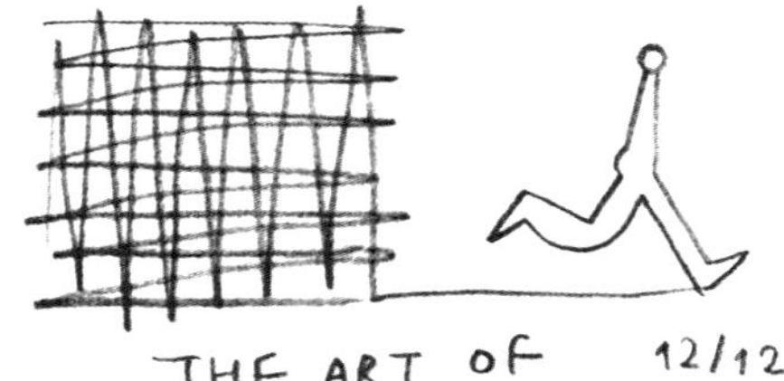

여름

각자의 모양대로 마음껏 쉬어 보자!

RESTORE.
1/27.
12/11
EVERYTHING
COMES
&
GOES
PRAY
THANKFUL
MINDS.
REST IN DIFFERENT
SHAPES
2/17

가을

TIDES
OF
LIFE
ARTISTIC MIND ♦ POINT OF VIEW

인간관계에서
힘 빼기

날개가 하나 잘려 나가자,

남은 사람들마저 떠날까 봐 전전긍긍했다.

인생에서 가장 힘들었던 시기 중 하나였다.

남에게 맞추면 맞출수록

사람들은 더 많은 것을 요구했고,

더 많이 서운해했다.

사람들을 많이 만나고 돌아오면 기력이 바닥나

가족에게 짜증을 내는 악순환이 반복됐다.

마음이 가난할 때,

누군가가 나를 좋아하지 않는다고 느낄 때,

성공을 인정받고 싶을 때마다

나는 힘을 주며 필요 이상의 에너지를 쓰고 있었다.

밀당은 연애에만 적용되는 게 아니었다.

일터에서도, 친구 사이에서도, 심지어 가족 간에도

자존심을 세우는 일이 비일비재했다.

그러다 스스로 다짐했다.

이제는 소중한 에너지를 낭비하지 않겠다고.

이 경험을 그림으로 풀어낼수록

조금씩 힘이 빠져나갔다.

그리고 결국 남은 날개마저 스스로 떼어 내고 나서야

비로소 자유로워질 수 있었다.

관계에서 힘을 빼니 신기한 변화가 찾아왔다.

좋은 사람들이 다가오면 감사했고,

맞지 않는 사람들이 떠나가도 감사했다.

곁을 지켜 준 소중한 이들 사이에는

존중과 자연스러움이 자리 잡았다.
그렇게 마음 편할 수가 없었다.

도움을 요청하거나 기꺼이 받을 용기도 생겼다.
자존심 때문에 삼켰던 말들을 이제는 꺼낼 수 있다.
힘들면 도와달라고 말하고,
누군가 도움의 손길을 내밀면
감사한 마음으로 덥석 잡는다.

나 자신을 지켜 주는 건 자존심이 아니라
유연하고 너그러운 마음,
하하 호호 웃어넘기는 태도였다.
힘을 다 빼고 나니
비로소 벌거벗은 본연의 내가 드러났다.
나는 그런 어린아이 같은 마음으로 살고 싶다.

나와 에너지가 통하는 사람들로

가을

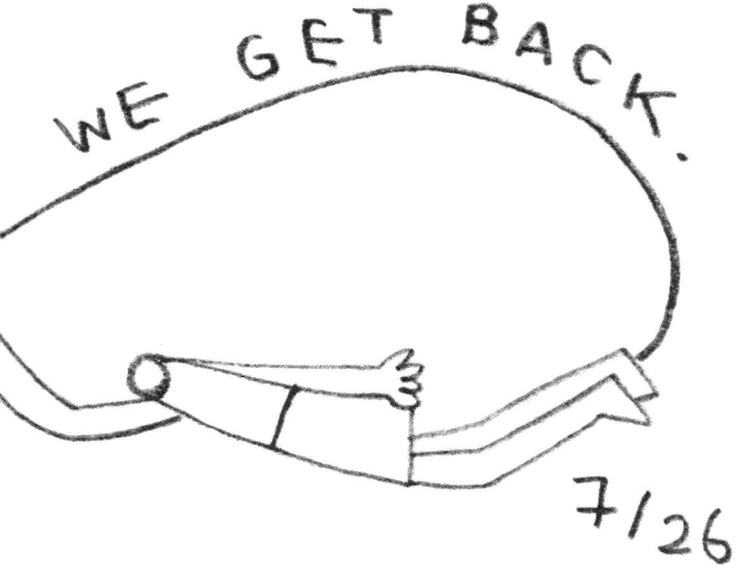

내 인생을 가득 채우고 싶다.

가을

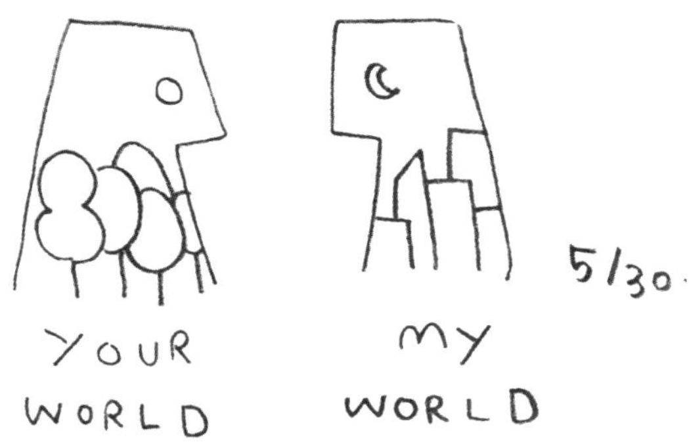

YOUR
WORLD
MY
WORLD
5/30.

ASK
FOR
HELP
11/19

무례함은
웃음으로 대응해 보자.

물건도 사람도
인연이 아니면
언젠가 곁을 떠난다.

결이 맞는 사람들과 함께하자.

가을

LETTING
GO
&
BECOMING
MYSELF.
3/13

남에게 베푸는 친절만큼,
나에게도 친절하자.

10/9

TREASURE
YOUR
SOUL.

9/25

RELATIONSHIPS.

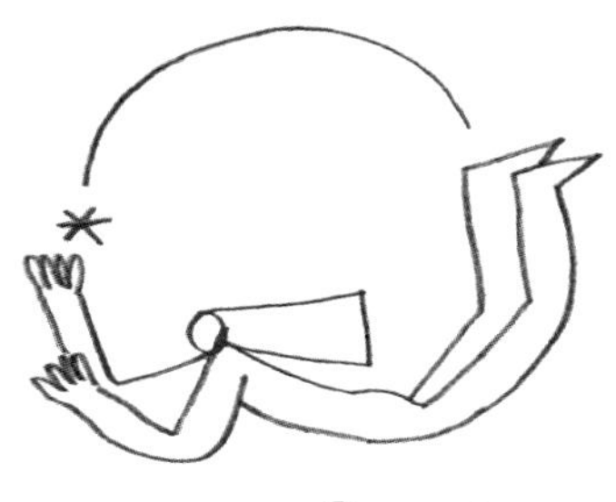

나를 가두는 틀은 부수고,
나를 지켜 주는 경계선은
더 선명하게.

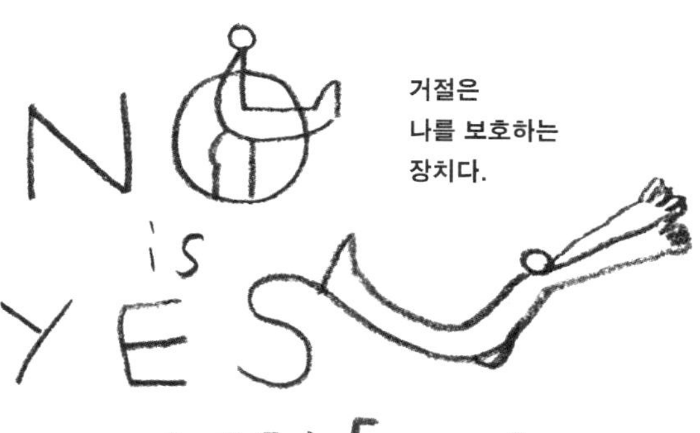

거절은
나를 보호하는
장치다.

우정은 진심 어린 축하와 위로로 충분하다.

LET GO
OF
OTHERS
2/26

PUSH
& PULL
4/7.
9/28
HEALTHY
ENERGY

존중과 배려만 있으면 다른 조건은 필요 없다.

UNCONDITIONAL.
3/28.

가을

언제든 돌아갈 가족이 있지만,
그마저도 영원하진 않다는 걸 안다.

진실은 반드시 통한다.

침묵이 주는 깊은 위로.

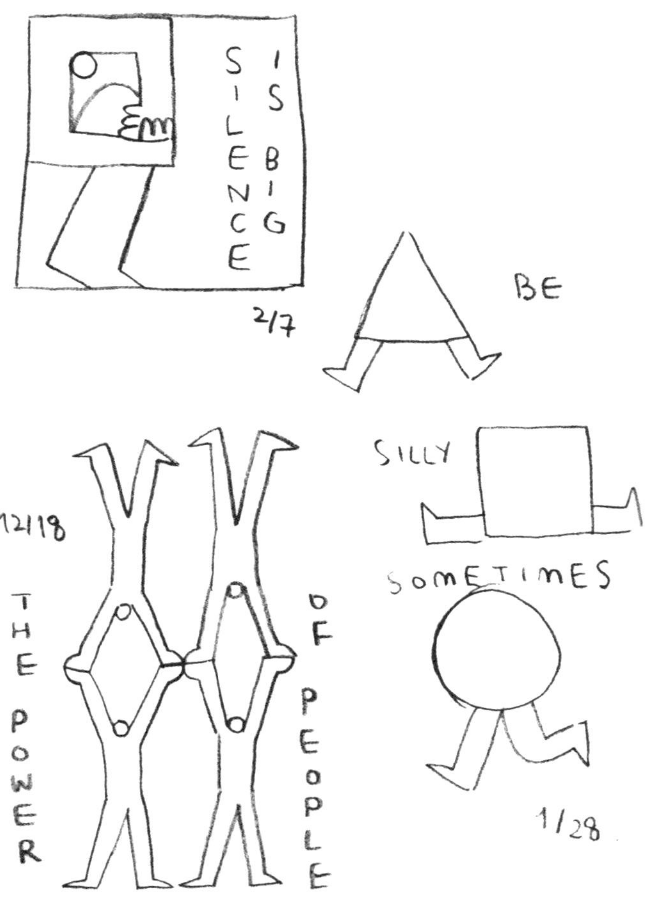

가을

"당신의 의도가 순수하다면
당신은 그 누구도 잃지 않을 것이다.
그들이 당신을 잃을 뿐이다."
내가 좋아하는 명언 중 하나.

GOODWILL
2/3.
상대방에게
편안함을 주는 것,
그게 진정한 호의다.
HEALTHY
RELATIONSHIP
5/22
INTENSIONS
TOGETHER
7/23

사람은
쉽게 변하지만,
동시에 쉽게 변하지
않기도 한다.

잃고 나서야 알았다.
소중한 것은 힘을 빼야
지킬 수 있다는 걸.
적당한 거리와 존중,
기다림이
건강한 관계를 만든다.

가을

겉으로 보이는 게 전부는 아니다.
사람은 이럴 수도, 저럴 수도 있다.
모두가 다채로운 면과 말 못 할 이야기를 품고 산다.

자존심을 세우는 관계가
건강하지 않다는 걸 알면서도,
우리는 좀처럼 놓지 못한다.
상처받는 게 두렵기 때문이다.

가을

9/6
YOU ARE YOUR OWN COMPETITOR

내가 마음을 먼저 열어야 상대도 열린다.
기버(Giver)가 되어 보자!

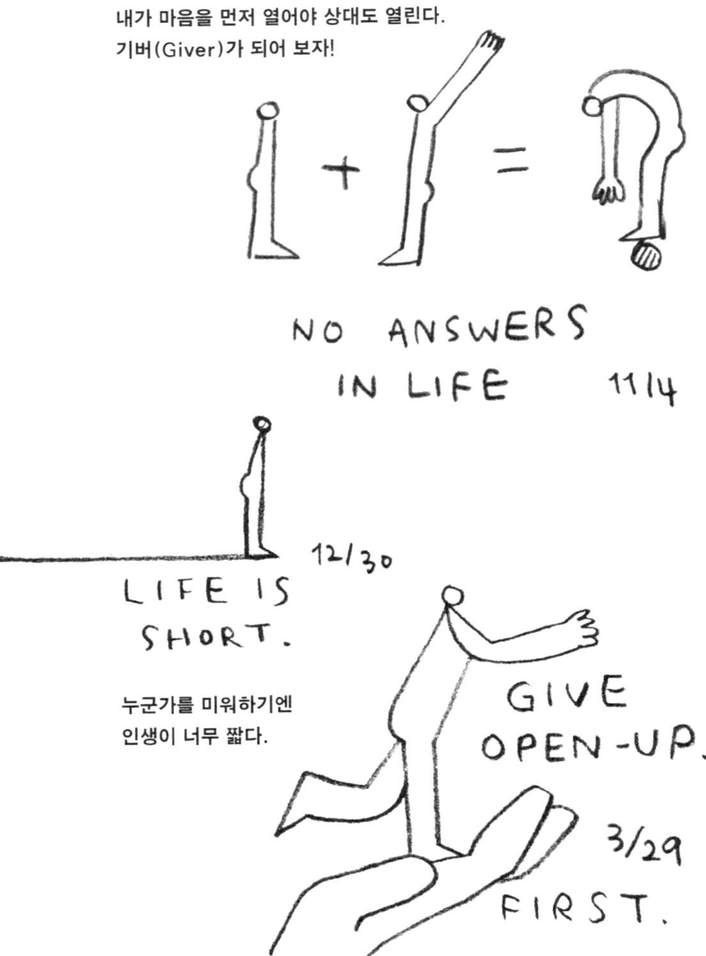

누군가를 미워하기엔
인생이 너무 짧다.

가을

되돌아보면 악연은 없다.
모든 인연이 내게 가르침을 주었기 때문이다.

나만의 세계관을 갖는 건
멋진 일이지만,
그 안에 갇혀 버리면
위험하다.

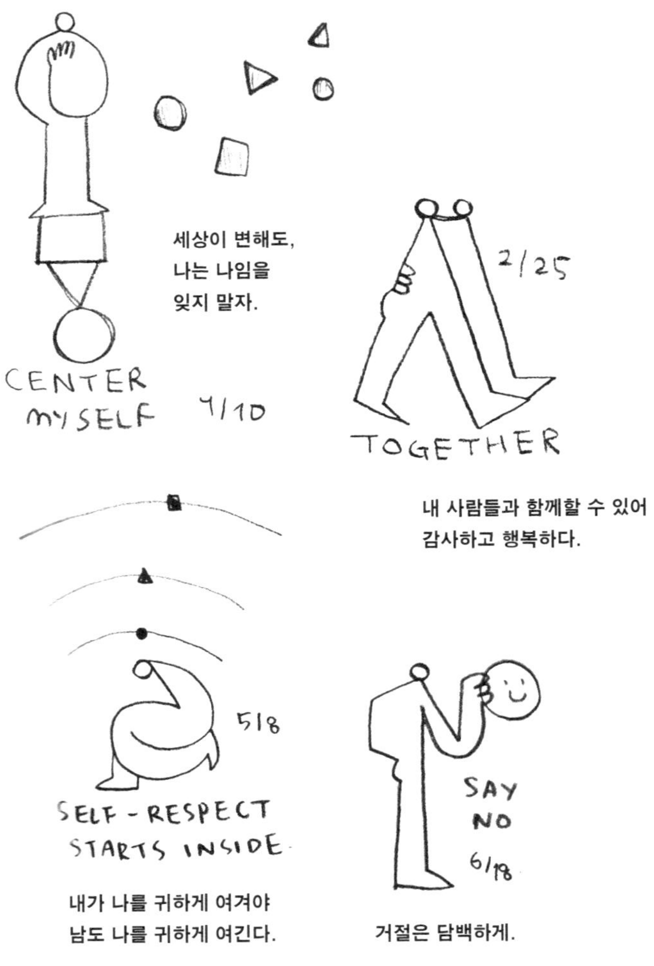
CENTER MYSELF
4/10
세상이 변해도,
나는 나임을
잊지 말자.
2/25
TOGETHER
내 사람들과 함께할 수 있어
감사하고 행복하다.
518
SELF - RESPECT
STARTS INSIDE.
내가 나를 귀하게 여겨야
남도 나를 귀하게 여긴다.
SAY
NO
6/18
거절은 담백하게.

가을

"나 요즘 힘들어." "너 어디야, 금방 갈게."
당장 달려와 줄 사람이 있다면, 당신은 이미 부자다.

사랑하는 사람들과
시시콜콜 수다 떨며
건강한 시간을 보내자.

나를 돌볼 수 있어야,
타인에게도 베풀 수 있다.

IT'S OK
NOT TO BE LOVED
BY EVERYONE.
11/28

진정한 자유는
미움받을 용기를 가질 때부터
피어난다.

타인의 마음을 추측하기보다,
내 마음을 더 알아 가자.

맞는 사람은 어떻게든
자연스럽고 편하게 다가온다.

내 안에 여유가 없으면, 양질의 인풋도 불안만 낳는다.

푹 쉬고 나니 비워졌고,
비워지니 남은 건 감사뿐이었다.

가을

나의 에너지와 시간,
감정은 한정적이다.
그러니 나를 지키는 건
나 자신이어야 한다.

적당한 거리는 곧 존중이며,
존중은 건강한 관계를 만든다.

과거의 상처를
영원한 트라우마로 만들지 않기

"과거로 돌아가도 같은 선택을 할 것 같니?"

라는 질문을 많이 받는다.

내 대답은 늘 같다. "당연히 그럴 것"이다.

새벽 드로잉을 이어 오면서,

나는 치유되어 가는 나를 제3자처럼 지켜봤다.

그리고 알게 됐다.

모든 것은 나를 거울처럼 비춘다는 것을.

내가 아프면 아픈 것들을,

건강하면 건강한 것들을

내 삶에 끌어들인다는 사실을.

사람들은 내 상처가 영원한 트라우마가 되어

발목을 잡을까 걱정했다.

사실 처음엔 나도 그랬다.

상처를 지우려 발버둥 쳤고, 없던 일처럼 살고 싶었다.

그런데 신기하게도 지우려고 할수록

흔적은 더 선명해졌다.

평범한 대화 속 특정 단어에

예민하게 반응하면서도 애써 밝은 척했고,

비슷한 상황이 올까 두려워 미리 도망치기도 했다.

나도 모르게 자신을 속이고 있던 것이다.

그때 깨달았다.

이미 일어난 일은 백지처럼 지워지지 않는다는 것을.

살면서 크고 작은 영향과 마주할 수밖에 없다는 것을.

그래서 결심했다.

영원히 도망칠 수 없다면 차라리 상처를 인정하기로.

가을

가슴 철렁하는 상황이 와도
동일시하지 않으려고 노력했다.
‘누구에게나 언제든 일어날 수 있는 일’이라
받아들이니 마음이 한결 편해졌다.
누군가 내 상처를 함부로 정의할 때는
“괜찮지 않아.”라고 솔직하게 말하는 용기도 냈다.
감정을 속이지 않는 것이 곧 나를 지키는 길이었다.

이미 일어난 일을 걸림돌로 삼을지,
아니면 디딤돌로 삼을지는
내가 선택할 문제다.
그래서 나는 상처를 곪게 두지 않고,
흉터와 친구가 되기로 했다.
상처도 이름 붙이기 나름이다.
누군가 그것을 ‘트라우마’라 불러도,
내가 ‘선물’이라 부르면 그만이다.

IT'S OK

TO STOP

욕심과 기대, 원망과 후회를 내려놓고
본질만 남긴 채 가벼운 마음으로 나아가는 것,
그것이 가장 나다운 모습이다.

가을

나의 아픈 과거가
현재의 나를 가두지 않게 하자.

내 조각들은 내가 챙기자.
빈틈없이 건강한 마음을 위해.

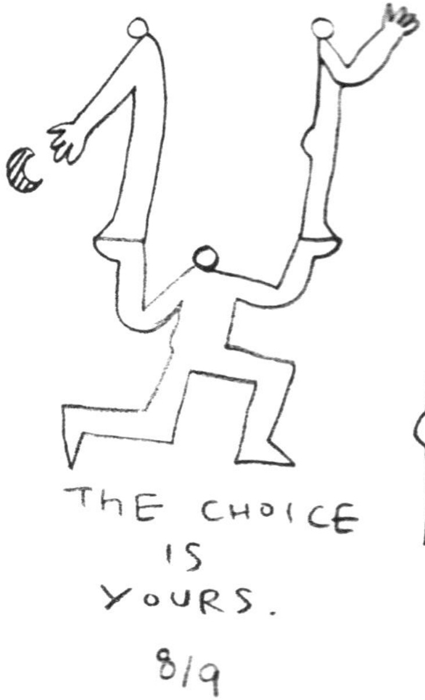
THE CHOICE IS YOURS.
8/9

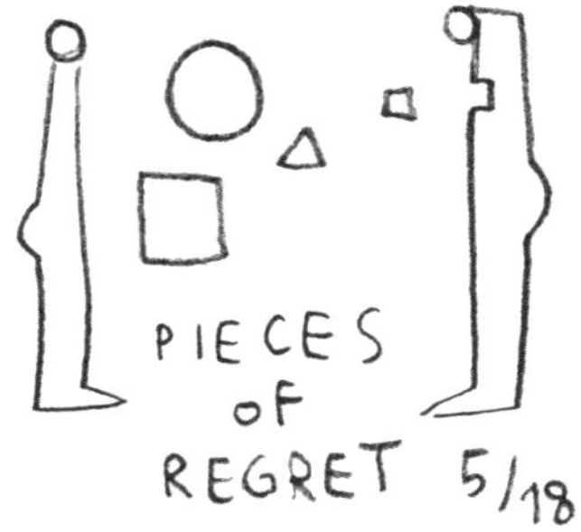
PIECES of REGRET
5/18

7/2
PAST
EVERY EXPERIENCE GIVES YOU A LEARNING.

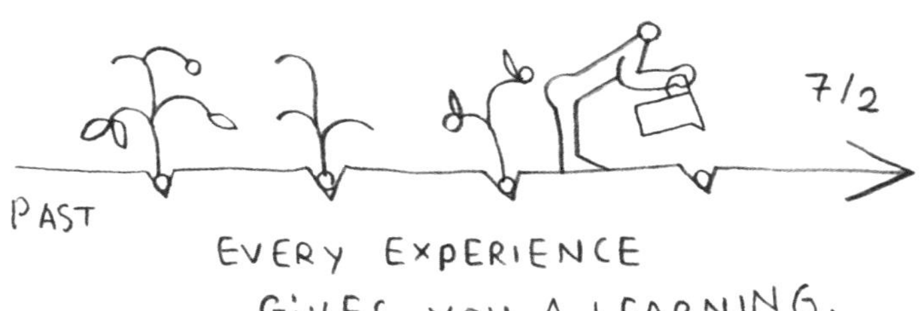

7/11
LET GO OF tHE PAST
COllECT THE LESSONS.

WALK AWAY
BRAVELY
6/27

10/14
PATH
MADE
CLEAR.
DEFINE 3/4
YOURSELF.
PUT ON
YOUR
NEW-VERSION
7/24
LEAVE
YOUR
OLD-VERSION
가을

TRAITS.   나만의 흔적들.

아파트 스카이라인이
오르락내리락하는 우리의 인생과 닮아 보였다.

가을

DOWNS.
10/20

내 상처의 이름은
내가 정한다.

나에게 상처를 준 사람을 용서하는 방법은
용서한다는 생각 자체를 버리는 것이다.

가을

꽃 피는 봄,
이 아름다운 계절도
누군가에겐 아픔이겠지.
하지만 꼭 말해 주고 싶다.
언젠가 이 계절을 다시 즐길 날이
반드시 올 거라고.

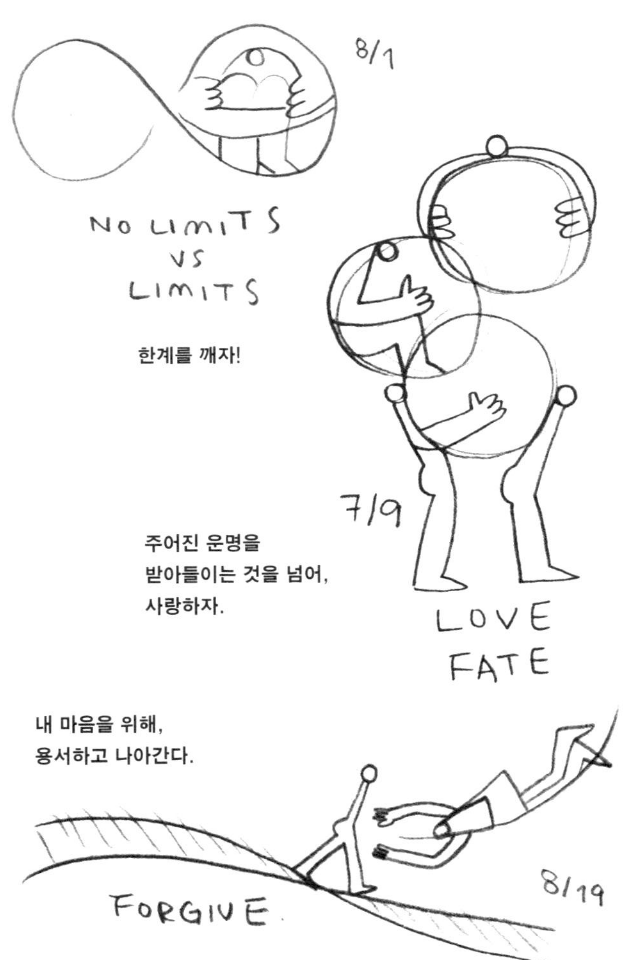

8/1
NO LIMITS
VS
LIMITS
한계를 깨자!
주어진 운명을
받아들이는 것을 넘어,
사랑하자.
7/9
LOVE
FATE
내 마음을 위해,
용서하고 나아간다.
FORGIVE.
8/19

가을

남을 용서하는 것보다 더 어려운 건,
그때의 나를 용서하는 것이다.

어려움 속에서도
흔들리지 않고 바른 선택하기.

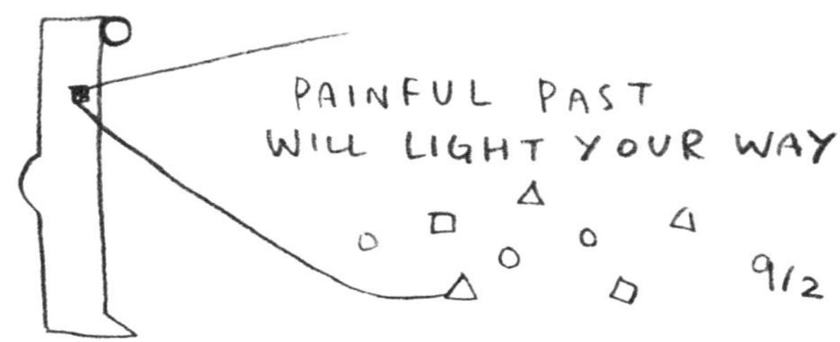

아픈 조각은 훗날 길을 밝혀 줄 등불이 된다.

인생의 사계절을 즐기자.

가을

나의 실패가
곧 나의 디딤돌이 되길.

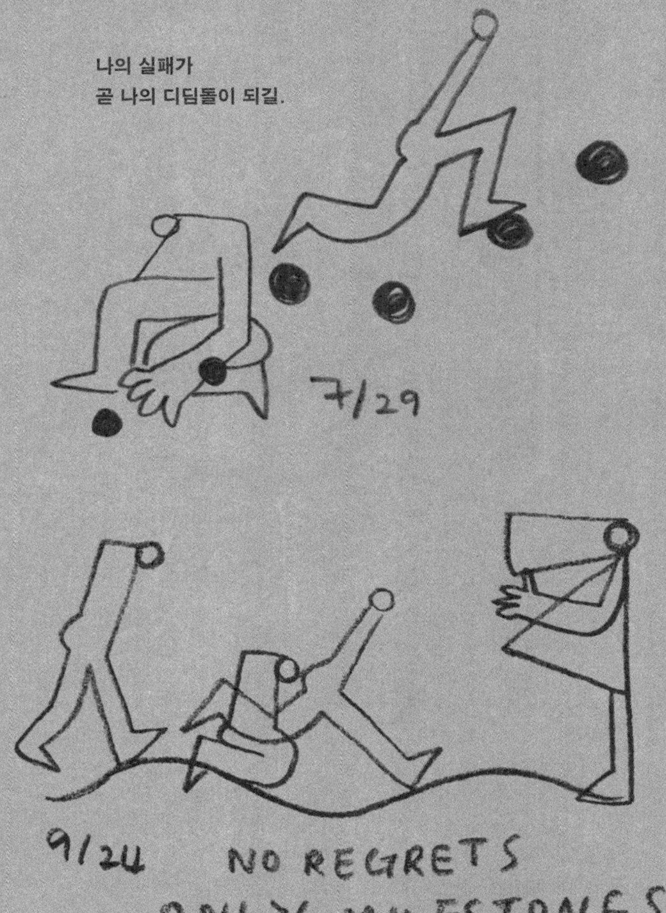

7/29
9/24 NO REGRETS
ONLY MILESTONES

모든 상황과 인연은 나에게
배움을 주었다.

아름답지 않은 계절은 없다.
인생도 그렇다.

어제보다 나아진 내가 있다면,
그걸로 충분하다.

되돌아보니, 그 일들은 나를 깎아 낸 게 아니라
오히려 굳은살을 남겨 주었다.

삶은
상처와 치유의
연속이다.

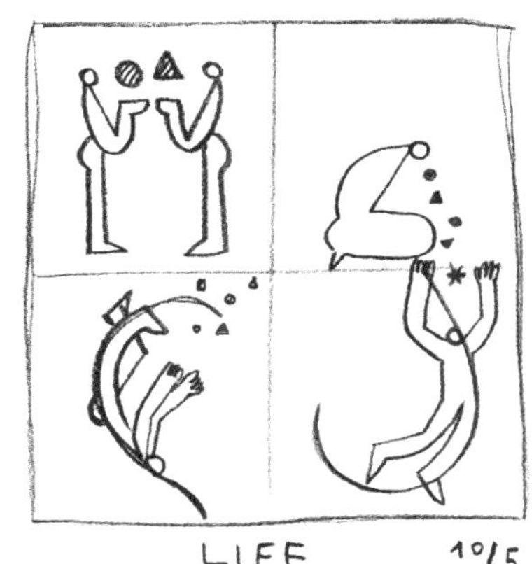

내 그릇만큼
일과 사람을
만난다고 생각하면,
억울할 일은 없다.

단점도 정의하기에 따라
내가 선택할 수 있다.
꼬리표가 될 수도,
멋진 라벨이 될 수도 있다.

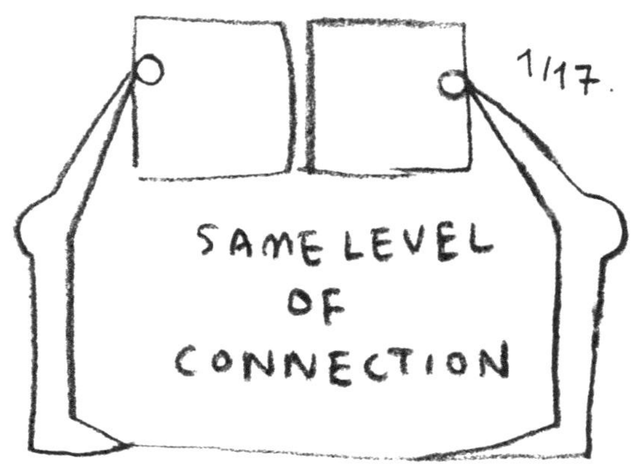

내 세계를 넓히면 그만한 인연을 만나게 된다.

가을

겪은 일을 겪지 않은 듯
살 수는 없다.
하지만 그것을
어떻게 품을지는
내 몫이다.

경험은 다루는 방식에 따라
밑거름이 되기도
걸림돌이 되기도 한다.

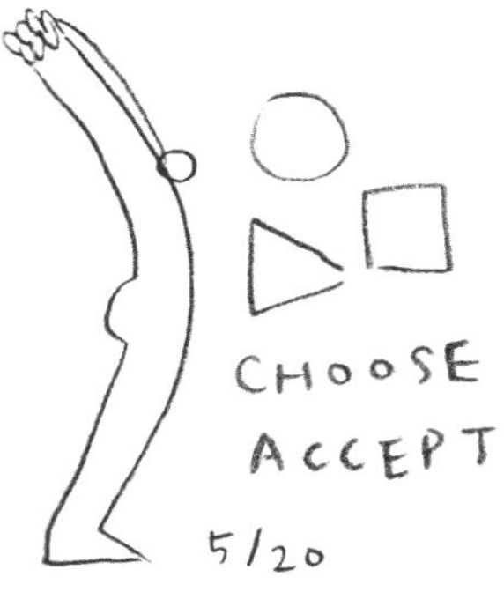

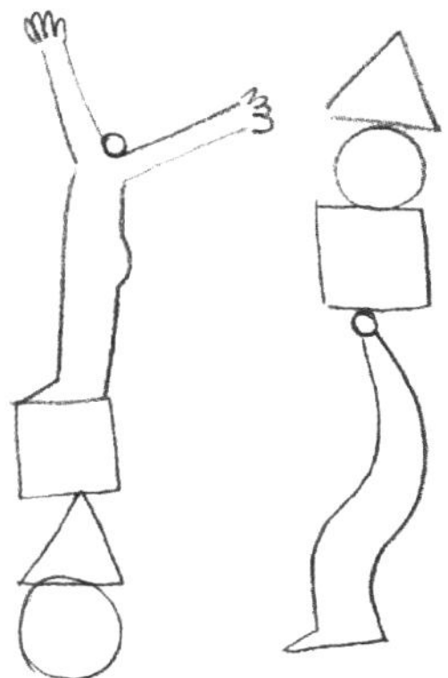

애써 온 나의 지난 모습들을
모두 사랑하자.

MADE IN INDONESIA STAEDTLER yellow pen

나다움으로
나만의 길을 만들어 가기

어두운 터널의 끝.

닿을 것 같지 않던 희미한 빛이

어느새 내 몸을 따스하게 감쌌다.

특별한 계기도, 대단한 결심도 없었다.

그저 매일 새벽 드로잉으로 하루를 시작하자

마음이 가벼워지고 충만해졌을 뿐이다.

벗어났다는 기쁨도 잠시,

그때부터가 진짜 홀로서기의 시작이었다.

아무것도 없는 백지 위에

나만의 길을 그려야 했다.

두 번째 얻은 인생,

또다시 길을 잃을까 봐 두려웠지만

아무리 불확실하더라도 해 보고 싶었다.

늘 다수가 걷는 안전한 길이

내 길이라 믿으며 살아왔다.

하지만 나만의 새로운 길을 그리려면

자신을 믿는 힘이 필요했다.

그래서 내가 나의 진정한 친구가 되기로 했다.

너무 못나서 깊숙이 묻어 둔 단점은 다 품어 주고,

닭살스럽더라도 잘한 건 아낌없이 칭찬해 주었다.

불완전한 나를 인정하자

이상한 든든함이 차올랐다.

내가 나를 진짜 믿어 주는 느낌.

그 믿음으로 맞지 않는 건 과감히 보내 주고,

맞는 건 선택할 용기가 생겼다.

가을

용기는 행동으로 이어졌다.

수많은 시도를 하며 내게 맞는 것을 좁혀 가자

점차 '나다운 길'이 드러났다.

남의 기준이 없으니

성공과 실패는 중요하지 않았다.

내게 맞는 걸 발견하면 성공이고,

맞지 않는 걸 알게 돼도

그 자체로 성공이었다.

수많은 경험의 점들을 연필로 이어 보니

비로소 나만의 길 위에 서 있는 것 같았다.

어느덧 나는 남들과는 달라도 괜찮고,

조금 느려도 괜찮다고 스스로 응원하며

가끔 올라오는 불안과 조급함을 잘 달래고 있었다.

새벽 드로잉이

이제는 일상이 되어 내 길의 일부가 되었듯,

길을 만든다는 건 거창한 이벤트가 아니라,

그저 매일의 일상을

나답게 채워 가는 과정인 것 같다.

평범하면서도 비범하게,

지루하면서도 신바람 나게,

한 번뿐인 내 인생을 그렇게 그리며 살고 싶다.

다른 사람이 만든 길을 걷다 이탈하면

모든 걸 잃은 기분이 들지만,

나만의 길을 만들다 모르겠으면

잠시 멈추거나 다른 길을 그리면 된다.

중요한 건 지웠던 흔적도, 삐뚤삐뚤한 선도

모두 내 길이라는 것,

그리고 연필을 쥔 사람 역시

언제나 나라는 사실이다.

가을

THE
ART OF
IMPERFECTION
4/24

EVERY LESSON
STAR IN YOUR

A
.AXY.

ILLUMINATE
WITH YOUR UNIQUE COLOR
8/25
Beautiful Roads
UNKNOWN
2/28

쉽고도 어려운 일, 바로 진정한 나를 찾는 일이다.

A GOOD ENDING
BRINGS
A GOOD START
12/31

가을

4/20
FIRST DATE
OTHERS' SHOE
NO SHOE FOR ME
PAST
NOW 5/22

9/7
EVERY ONE
has ...
MAGIC *
6/17
FACE
YOURSELF

REJECTION
8/26
IS SOMETIMES
PROTECTION

가을

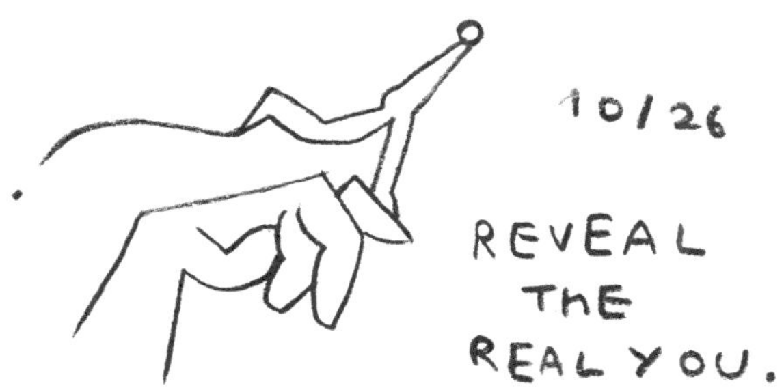

자존심을 내려놓으니
마음을 솔직하게
표현할 수 있었다.
그것이야말로
진정한 자존심을
지키는 길이었다.

6/29.
FOLLOW YOUR INNER GUIDE
PATH MADE CLEAR
6/30.
6/15
CREATE YOUR UNIVERSE
내가 나에게
손을 내민다는 것.
8/21
ME - TO - ME

가을

FIND
YOURSELF
BUILD
YOURSELF
LOVE
YOURSELF

7/6

가을

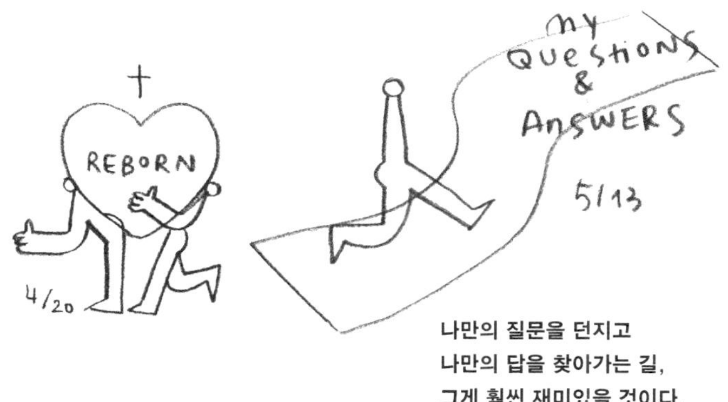

나만의 질문을 던지고
나만의 답을 찾아가는 길,
그게 훨씬 재미있을 것이다.

군더더기 없는 단정한 삶에
한 발짝 더 다가가고 싶다.

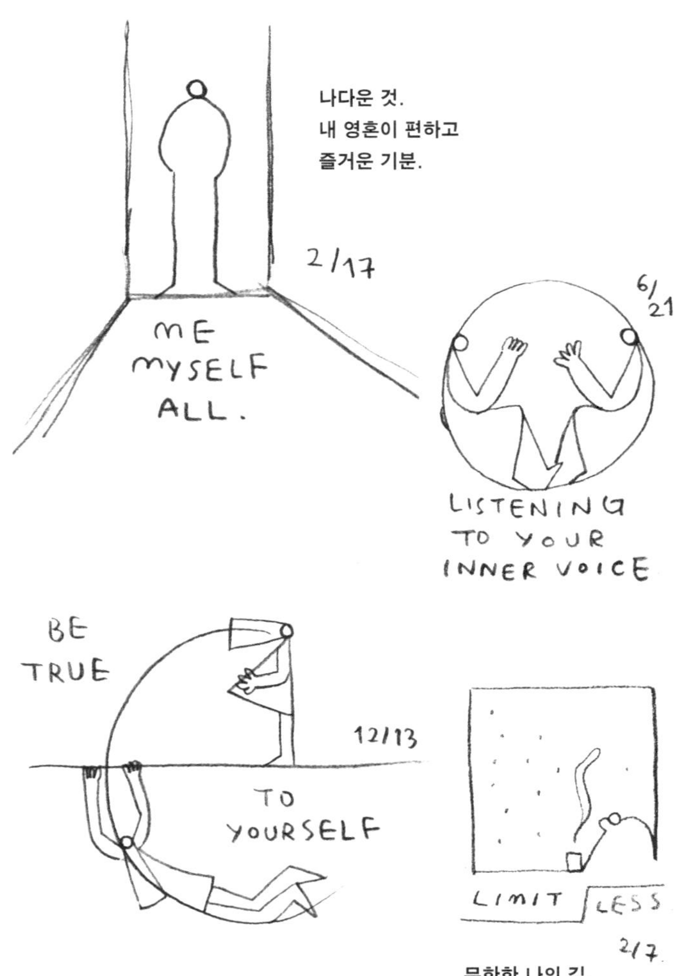
나다운 것.
내 영혼이 편하고
즐거운 기분.

2/17
ME
MYSELF
ALL.

6/21
LISTENING
TO YOUR
INNER VOICE

BE
TRUE
12/13
TO
YOURSELF

LIMIT LESS
2/7
무한한 나의 길.

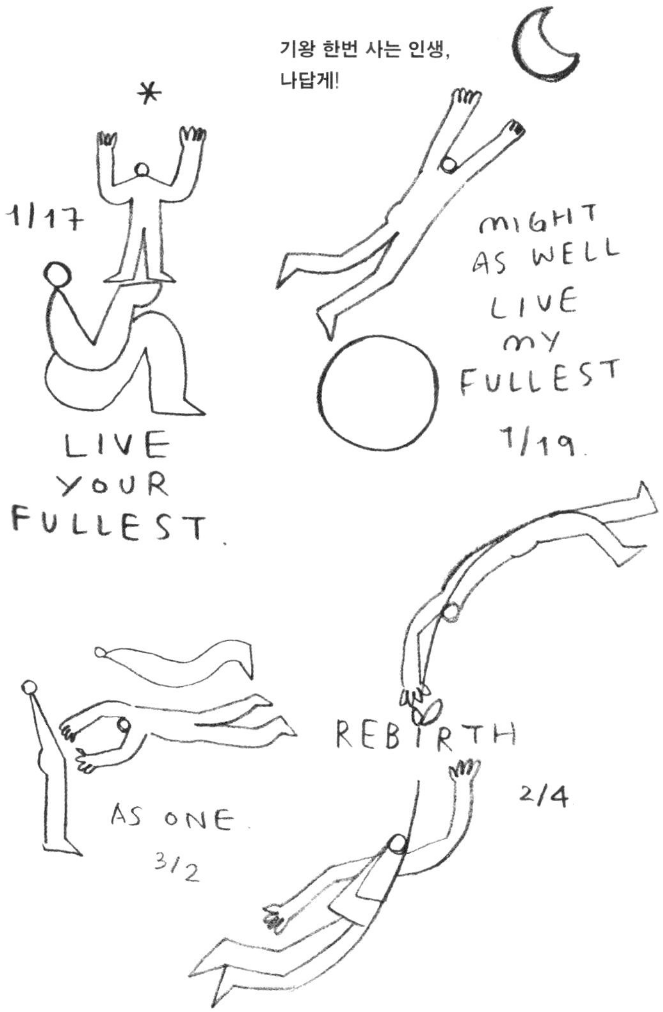
1/17
LIVE
YOUR
FULLEST.
MIGHT
AS WELL
LIVE
MY
FULLEST
7/19.
REBIRTH
2/4
AS ONE.
3/2

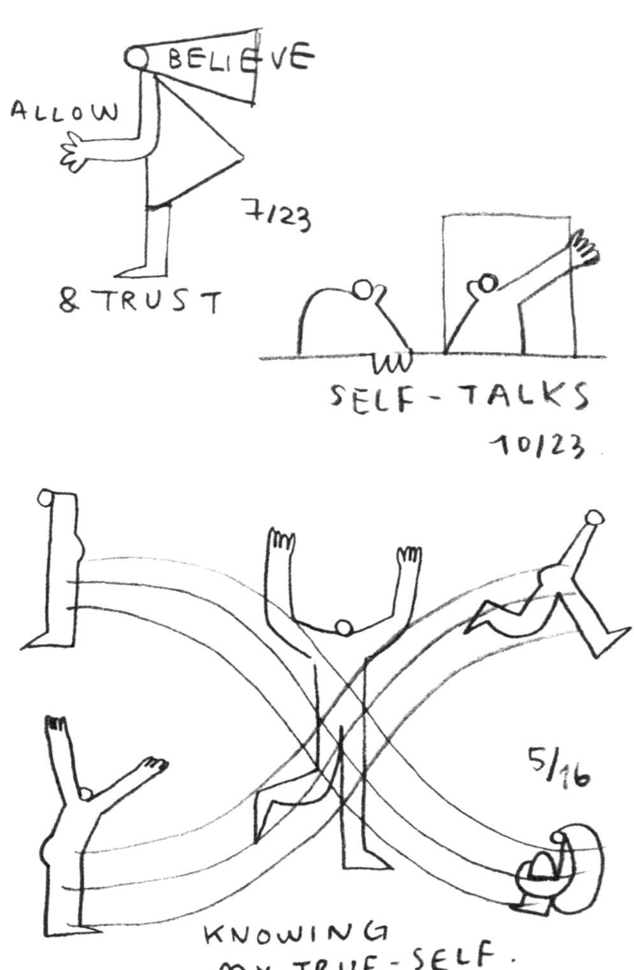

BELIEVE
ALLOW
& TRUST
7/23
SELF - TALKS
10/23
5/16
KNOWING
my TRUE - SELF .
가을

나와 맞는 것들은 물 흐르듯 자연스럽게 다가온다.

웃기고 허점도 많다.
그게 나다운 것이다.

덤으로 얻은 두 번째 인생,
이제는 목적이 분명한 삶을 살고 싶다.

가을

SELF-TALKS
7/25
7/16
CONNECTION
나 스스로와 친해지고,
연결돼 보자.
NO ONE CAN
UNDERSTAND YOU
BETTER THAN YOURSELF
6/5
나보다 나를 더 잘 아는 사람은 없다.

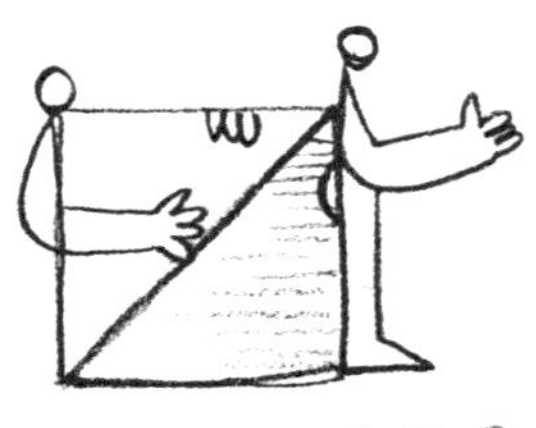

무언가를 너무 단정 지으며
살 필요는 없다.

심각한 건 내려놓고,
그냥 재미있고 귀엽게 살자!

가을

정답 같은 길은 없다.
오직 나만의 이야기로
채워 갈 길만 있을 뿐!

자신에게 가장 친절하고
따뜻하게 대하자.
그것이 모든 것의 시작이다.

나를 깊이 사랑하면
타인도 저절로 사랑하게 된다.

흑과 백만 있는 게 아님을 깨닫고,
타인을 존중하고 이해하게 되었다.

자연스러운 나를 받아들이는 것,
그게 나다움의 시작이다.

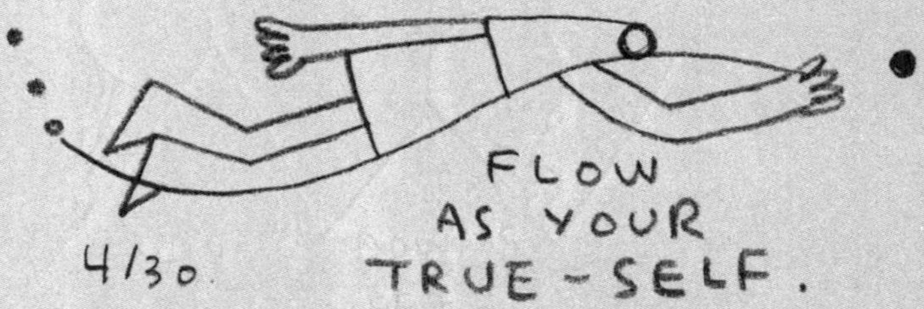

가을

나의 직감에 귀 기울이고 따라가 보자.

느림의 미학.

자랑스럽지 않은 과거도
자랑스러운 나의 일부다.
그러니 모두 껴안아 주자!

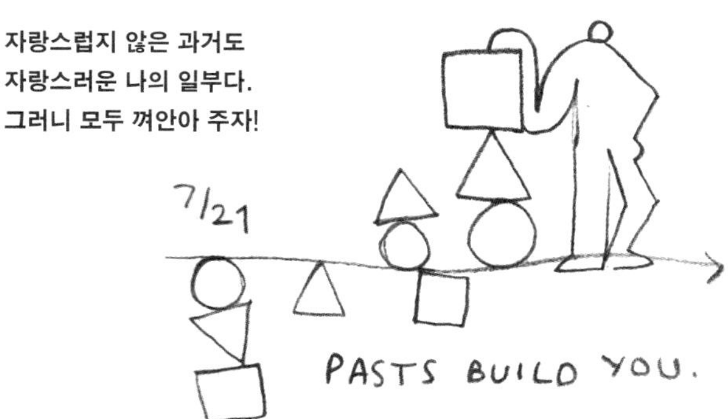

나 자신을 깊이 있게 이해해 보기.

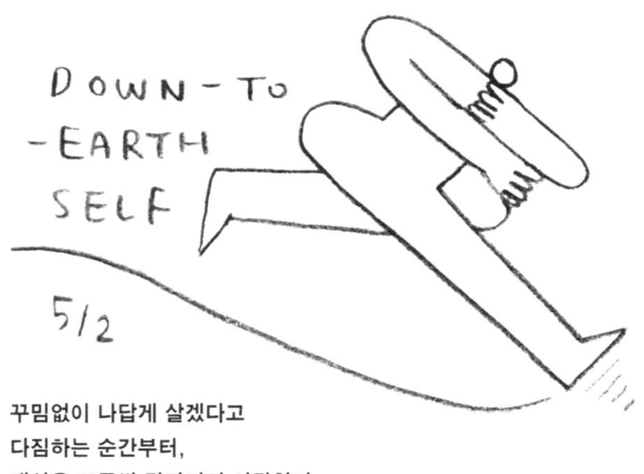

꾸밈없이 나답게 살겠다고
다짐하는 순간부터,
세상은 조금씩 달라지기 시작한다.

가을

되돌아갈 수는 없다.
하지만 새롭게 만들어 갈 수는 있다.

나는 언제나
나를 응원하는
치어리더.

나다움은 주어진 행운이 아니라,
내가 나를 이해하며 만들어 가는 길이다.

순수하고 대범했던 어린 시절의 내가
지금의 나보다 더 큰사람 같았다.

가을

나답게 산다는 건 누구에게 증명할 일이 아니다.
과거의 나와 미래의 내가 응원해 주면 그만이다.

방황하다 보면 내 길로 돌아올 수도,
뜻밖의 새 길을 발견할 수도 있다.
결국 모든 길은 나를 어딘가로 데려다준다.

@mymoel.
LOVE mommy
LOVE DADDY
POSCA
PC3M
LOVE LOVE LOVE
READY.

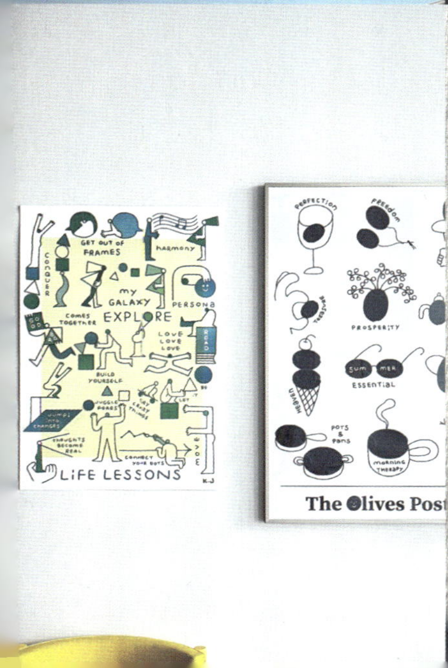

GET OUT OF FRAMES
harmony
my GALAXY
EXPLORE
PERSONA
COMES TOGETHER
LOVE LOVE LOVE
BUILD YOURSELF
LIFE LESSONS

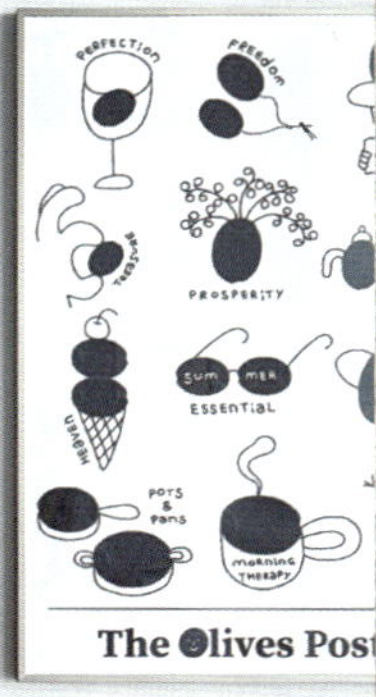

PERFECTION
FREEDOM
PROSPERITY
SUMMER ESSENTIAL
POTS & PANS
MORNING THERAPY
The Olives Post

CONQUER

THINK DIFFERENT ART
iPad
mymori;
SUPERHERO
mymori;
BELOVED
YOU ARE BLESSED GIFTED LOVED!
HAPPY HAPPY BIRTHDAY!
7/9
LOVE FATE
7/10
MAKE YOUR OWN WAY 7/11
BUILD YOUR ROUTINE/SELF. 7/15
MANUAL OF EMOTIONS 7/16
7/18
DARKEST PIECES ALSO BELONGS TO ME 7/19
ACCEPTENCE
7/22
7/24
YOUR HEART ALREADY KNOWS
FREE FROM EMOTIONS & THOUGHTS 7/28
NOT ENOUGH WAS ENOUGH 7/30
LIVE AS YOUR TRUE-SE
FORGIVE YOUR PAST 8/6

TOGETHER..
OGETHER
NEED COFFEE?
DEST:LL..
LOVE
LOVE
LOVE
@mymoei_

CELEBRATE LIFE!
TWO WORLDS
SILENT PRAYERS

FULL
OF
lUCK
TOGETHER
THOUGHTS
BECOME
REAL
LOVE
LOVE
LOVE
TREASURE
YOUR
SOUL
GET OUT OF
FRAMES
HARM

에필로그

후즈갓마이테일에서 책을 만들자는 연락을
받았을 때가 아직도 생생합니다.
'내가 책을…?'
솔직히 당황스러웠습니다.
매일 SNS에 끄적이듯 그린 그림과 글이
누군가에게 위로가 되고,
때로는 용기가 된다는 말씀만으로도 놀라웠는데,
그것이 책으로 이어질 줄은 꿈에도 몰랐으니까요.

출판을 계기로 지난 3년의 그림과 글을
아카이빙할 수 있었습니다.
티끌처럼 작은 조각 그림들이 네 권의 노트 속에서
여전히 살아 숨 쉬고 있었고,
과거의 내 모습이 기다렸다는 듯 말을 걸어왔어요.

2023년 1월 1일 새벽,
처음 그린 그림을 보자마자 웃음이 터졌습니다.
삐뚤삐뚤한 연필 선과 만화 같은 그림체가
우스꽝스러웠지만 어쩐지 천진난만해 보여
기록해 두길 잘했다는 생각이 들었습니다.
노트를 한 장씩 넘길 때마다 점점 치유되고,
나다움을 찾아가는 과정이 한눈에 보여
신기하기도 했고, 마음이 찡하기도 했어요.

이 조각 그림들을 모아 12개월로 나누었습니다.
이야기는 가장 추웠던 인생의 겨울,
12월에서부터 시작됩니다.
글을 쓰며 그 순간으로 돌아가니

그때의 아픔이 다시 떠올라
눈물을 쏟기도 했습니다.
하지만 에필로그를 쓰고 있는 지금은
마음이 한결 후련합니다.

동화 속 주인공처럼 해피 엔딩으로
책을 마무리하고 싶지만,
저는 여전히 현실 속에서 고군분투하는
평범한 사람일 뿐입니다.
다만 인복 하나는 타고난 것 같아요.
저보다 저를 더 믿어 주고,
어둠의 터널 속에서 극도로 예민해진 저를
묵묵히 지켜봐 주었던 가족, 친구, 이웃, 지인들.
이 은혜를 어떻게 다 갚아야 할지,
마음의 빚이 참 큽니다.
이 책이 그분들께도 작은 위로가 되었으면 합니다.

과거의 저를 통해 배웠습니다.
세상을 흑과 백으로만

판단하지 말아야 한다는 것을 말이지요.

힘들게 쌓은 루틴이나 습관이 무너질 수도 있고,

또 다른 터널을 만날 수도 있어요.

하지만 그때마다 조금 더 단단해진 자신과 손잡고,

예전보다 가뿐히 지나갈 수 있으리라 믿습니다.

새벽 드로잉이라는 작은 습관은

저 자신을 사랑할 수 있게 해 주었고,

당연하게 여겼던 평범한 일상을

다시 돌려주었습니다.

제가 해냈듯, 누구나 할 수 있다고 믿어요.

자신을 매일 힘껏 안아 주시고,

남에게 친절을 베푸는 것만큼

스스로에게도 다정하게 대해 주시길 바랍니다.

그리고 나만의 선을 하나씩 그려 보세요.

아무리 서툴고 우스꽝스러워 보여도 괜찮습니다.

내일도 선물 같은 '평범한' 하루를

맞이하시길 바랍니다.

언폴드 Unfold
무너진 나를 일으켜 준 새벽 드로잉

초판 1쇄 2025년 11월 11일
초판 2쇄 2025년 12월 15일
글·그림 김경주
편집 황정혜 박경임
디자인 구민재page9
교정·교열 박경임
펴낸이 황정혜
펴낸곳 후즈갓마이테일
주문전화 031-955-6777
팩스 02-6280-6498
주소 서울시 마포구 성미산로 153, 4층
출판 등록 2015년 9월 17일 제25100-2016-000086호
이메일 whosgotmytail@gmail.com
인스타그램 @whosgotmytail

ISBN 979-11-90007-74-0 (03810)

STUDY YOUR LIFETIME
NOTHING IS impossible
2/28
OPPORTUNITIES AWAITS
3/1
LIFE
GOOD
BAD
3/2
EMPTY YOURSELF
3/3
THOUGHTS
WORDS
ACTION
ME!
3/4
TAKE RISKS
GOOD QUESTIONS = ENLIGHTMENT
3/6
3/7
MOST GIVE-UP
FEW SUCCEED
ASK FOR HELP?
LET GO
3/9
GET OUT OF OTHERS' OPINIONS
3/10
3/11
ILLUSTRATE YOUR LIFE
3/12
BEST
BEYOND
3/13
YOU ARE A TREE-ITSELF

KNOWLEDGE
EXPERIENCE
FAILURE
3/14
KNOW HOWS
LEVERAGE
WISDOM
OVERCOME
OBSTACLES
3/15
HURT
FOCUS
inNER-SELF
3/16
7 7 !
3/17
3/18
TIME HEALS ALL WOUNDS
RULES
NO RULES
3/19
TRUST YOURSEL
3/20
LEAVE
3/21
FOOTPRINTS
PAST
CONNECT YOUR DOTS
3/22
3/23
MAKE YOURSELF A BRAND
EXPLORE
3/24
PEOPLE
3/25